诗耀闽东

新时代闽东诗群五年诗选

宁德市文学艺术界联合会　编

东海有诗如云

——为《诗耀闽东》序

◎谢　冕

　　这里是南中国，从温州湾向南，沿海岸线翻越太姥山，过三都澳，直抵台湾海峡。这是中国的东海岸。眼前碧波万顷，白云接天，台海宁静如梦。东海岸绵延而南，向着远方，回头一望，宁德一带，一边是山，一边是海，人们习惯称此地为"闽东"。其实，这里不仅是闽之东、浙之东，亦是国之东。这里日夜奏鸣着壮丽多情的山海交响曲。宽泛地说，闽东地区的诗文，就是永远奏鸣着的一曲宏大的山海交响乐章。

　　东海有诗如云。这里的诗人，都是迎着海风长大的，是在海浪的轰鸣声中生长并歌唱的。他们的诗，带着海水的咸味，也带着搏击风暴的声响。他们蘸着海水的温度写诗，年年岁岁，自冬而春，自春而夏。他们的诗句用的是大海的节奏和韵律，用惊动万里河山的音响。在去往大海的路上，诗人发现所有的路径都是向下倾斜、向着下游，"而大海一直是地球的高处。"诗人骄傲地说："这漫山遍野的杜鹃花都是我的。"一群诗人在这里做着海的梦，写着海的诗。海风把他们的诗句吹向了远方，有的诗人获得了鲁迅文学奖，有的诗人的诗篇被选

1

入青春诗会和《诗刊》。在宁德，在霞浦，这里经常举行全国性的诗会。宁德的诗吸引了广泛的目光。

一位诗人追溯往事，思绪万端，她说，我们有一颗鲜活的海洋之心，从闽东到闽南，她要乘一艘刺桐古船为故乡的黄金海歌唱："一座渔排就是一个故乡"，她充满深情地这样说。这里是长满水草的海滩，夕阳下的渔港，远方的渔鼓响起。诗人自豪，他们能以一行韵脚"压住这波涛上的喧哗"，而远去的滩涂则是他们"绵延几千里的胎记"。在诗人的笔下，一切都是诗意的，而大海也并不是一径的喧腾，也有它静谧的时刻：明月高照，天星璀璨，群山寂静，思绪如云。

历史的回音，现实的焦虑，老房子要征迁，久远的关于"风水"的牵挂，成了抉择取舍的关键。这里充盈着现实生活的烟火气。渔民的后代，依然有恒久的乡愁。诗人说起他的旧居，一样地充满温情："十点以后才有太阳从山顶移到我的屋檐下，我奶奶用福州方言训着鸡们鸭们""奶奶的银发都成了我在这个世界发呆的理由"。他们的笔下，不经意间透露出一种肃然的神圣感、一种伟大的传统的力量。我以为，这正是我们所乐于看到的，也是我们说引以为豪的中国诗歌传统的伟大的绵延。

眼前展开的诗篇，满眼都是让人感到温馨的画面：家乡多情又美丽。那里有一条霍童溪，那里还有一片东吾洋、一片官井洋，波涛万顷，连天接云，溪水和海水一样的美丽又多情。诗人告知我们，此乃海神的后花园，柔风细浪，如对情人——我就是守园的园丁。匆匆地阅读，一边享受着自远而近的海浪的喧哗，一边欣喜地拥有了诗人的音韵、明亮的诗句。诗人写的是他日夜为之倾心的温馨的渔火："无月的夜海是黛色的草原，渔火是一只只小小的流萤；官井洋黄金发酵的时候，它也只佩戴这一些未打磨的星星"。在腻味了那些散章碎句凑成的寡淡和乏味，猛然突现这些整饬的段落，有一种欣喜，更有一种安慰——毕竟有人在开掘那些被遮蔽的优美。

《诗耀闽东》汇集了闽东地区诗歌的精华，几代年龄不同的优秀诗人，展现出他们心灵的智慧之声。前行者做出了前行的姿态，启示了更多的后行者。他们在遥远的东海之滨，发出了令人瞩目的诗的光焰。他们告知世界，在中国的东海岸，那里有一批诗人在辛勤地劳作。此刻，他们也许离开了家乡，是在省城福州，也许是在遥远的异国，他们提供的诗歌经验正在延续。而更为让人振奋的是，他们的身后，是一批前进着的长长的队伍。这些年轻的追随者，他们一面吸收着前辈的智慧和营养，一面又创造性地拓展着崭新的诗意天空。

这些更加年轻的歌者给我们以安慰。他们不墨守成规，他们以新的诗篇证明他们不仅是仿效者，更是创造者。重要的是，他们以自己有别于前人的创造性劳动，向我们展示了他们所感知的崭新的时代、崭新的生活。那是新生代的生动的、扩展的、自由的内心世界。诗意生动无边，生活有我们所未知的、更为广阔的时空，更开阔，更爽朗，更灵动、也更清澈。眼前又出现了美丽的一道溪流，它冲破传统的习惯，兀地被形容为"一席曳地的长裙，掩不住的冰肌玉洁"。诗人向我们告知他的幸福感，一道溪踽踽独行，穿村而过，他偏爱那份"寂寞的骄傲""居住的地方有这样一条流水就够了"。

以往我们读诗，总有一种预设的期待，例如写大海一定会是无边的博大和激荡，一定是搏天的巨浪等等。按照通常的道理，这种期待是正常的，对于新的一代人而言，他们的确有不拘于先例的另种的想象。那些开在水边的野花"想飞"，而"回不到枝丫上的每一片落叶都想哭"。细腻，新鲜，不拘一格的活泼！而且更难得的是，平凡、普通、常见，却更蕴有力量。这里有一束插在细瓷花瓶的狗尾巴草，来自荒野的"卑微的生命"，却是展现了"尊严的华美"。博大的诗心，歌颂着那些"不善言辞"的青草，只因它们"从脚底一直融入到远天""抵御经年雨雪"；而且只因它每一片叶子、每一颗芽头"都坚守在大地上，因为它爱微小的美丽"。因此诗人赋予了它们伟大的庄严！

读到诗集的最后，我被一组诗感动了，不是因为它的凝重或沉着，也不是因为它有多么深刻的意义，而只是因为它语言流畅表现的洒脱，以及随性的轻松。一首《清晨辞》，一首《中年辞》，还有一首《与友书》这样写着：

　　若来看我，最好夏天
　　我会在岭上亭子里等你，我顺便
　　一边吹风，或者一边想你
　　你若心血来潮，受访不遇也没关系
　　那时我房前半亩荷花盛开，你可随便
　　一边等我，一边赏花

　　作者名字陌生，1969 年生，古田人。就诗的意境看，也许受了前人的启示和影响，这都无妨。其动人处，读者自有理会，无须我多言。东海有诗如云，而每一朵云彩都有它自己的模样，且变化无穷。我曾说过，诗的生命是自由。

2023 年 7 月 23 日于北京大学

目 录 / CONTENTS

(按姓氏笔画排序)

◎ 实力

◎ 中坚

◎ 视角

◎ 名家诗评

诗耀闽东——新时代闽东诗群五年诗选

实力

韦廷信诗选

在异国他乡与汉字相遇

当我遇见你，我体内思乡的因子迅速张开双臂
甚至冲出身体。这是血亲之间的感应
我恨不得调出体内 5000 个汉字紧紧围住这条街道
表明我此刻一点也不孤独
在这里，皮肤不同，语言不通，我已穷途末路
像被丢失在异地的一枚月亮
独自圆缺，自调阴晴
我站在这个用汉字书写的"中国菜"菜馆招牌底下
像一个被遗失多年的孩子终于找到了亲生父母

大朵大朵

老家的云大朵大朵的
山大片大片的，喝茶大碗大碗的
他们在这大吹大打，大摆筵席
耳得之为声，目遇之成色

唯独爱，羞于说出口
甚至是吝啬。甚至是慌张

农村人大都这样，生怕爱
一说出口便一文不值

土方法

我最容易忘事，打小如此
会忘记先刷牙还是先吃饭，忘记
昨夜灶里的柴火熄了没有，如果没有
它会继续噼里啪啦地喊我么
可是它喊了么，为什么一点儿也不记得
爷爷教我土方法
要记一件事，就在绳子上打一个结
记两件事，打两个结，记三件事
就打三个结……

清明那天，我喝掉了爷爷没喝完的酒
爷爷生前好酒
酒果然是好东西，半壶下肚
我便清楚地看见自己的心——
有千千结

炼化天上的云朵

在炼化完手上的钢铁和石油后
他开始往山顶走
山顶有一亭子曰修仙亭
他静坐亭中
任凭云朵进出身体
他把身体里的雄狮，猛虎

难啃的骨头，坚硬的兽壳

把那脊梁之上的血与泪

统统炼化。让身体对外部的敌意有更清晰的警觉

让难以言状的状变得掷地有声

冬雷夏雨后，在那些美好的清晨与夜晚

他掏出一只只云兽

去找那些已是陌路的人

曾有多少至爱

此刻就有多少只云兽下山

（以上 4 首选自《诗刊》2019 年 11 月）

待产房

在待产房

我看见妻子满头大汗

忍受着疼痛

我完全可以想象接下来要发生的一切

火车穿过隧道

穿过大山的血肉和骨骼

助产士说开十指了

我被请出产房中心

在产房门口我来回踱步

直到半小时后宝宝哇的一声啼哭

我停住脚步

这一长声鸣笛

意味着火车已接近车站、桥梁、行人、施工地

接近人间，接近光明

对一些祖字开头的词语心怀敬意

我们把父亲的上一辈叫祖父，把家族最早的上代叫祖先
把祖先开辟的生存之地，把我们捍卫的
这片世代相传的土地叫祖国
在祖国这片广袤的土地上
我同草籽一般渺小
我安于渺小的现状
心甘情愿同其他渺小的事物一起成长和变老
找到同样渺小的她
结婚，生子，不忘为美好生活努力奋斗
我们对祖父、祖业、祖先、祖国这些宏大的事物心怀敬意
对祖国的大好河山、灿烂文化心怀敬意
对逝去的和正在成长的事物心怀敬意

叫　声

我爱着你，如我爱着草木
爱着那芬芳
因为草木，我心葱茏
我听见一棵小草的叫声
在我心里叫出一个深谷
我听见一朵小花的叫声
在我心里叫出一座花园
我听见一粒沙子的叫声
在我心里叫出一片大海
我还听见糖果的叫声、枯藤的叫声
隧道的叫声。叫声由远及近

时而强烈而甜蜜，时而模糊而伤感
像是那月下的老僧
一会儿推门直入，一会儿退步轻敲

（以上 3 首选自《诗刊》2020 年 12 月）

观景台

我在观影栈道上看见一艘即将远行的船
它的身体，一半嵌在峭壁之中
一半正扑向大海
它在峭壁中裸露出来的部分
黝黑，冰冷，孤独
它渴望扑向大海
而大海只伸向虚无
山坡上几架大风车不停转动
它们同时摇头，像是在极力说不——
一个个落日被大海吞没
大海奔流的方向并没有因此改变
——我步入船舱时
莫名地也想说出一些怜悯之词
落日沉默，孤舟远眺

（选自《诗刊》2021 年 5 月）

人在乡下

人在乡下而闭门不出
总觉得辜负了谁
仿佛门口有约
浓郁的灵气就要涌进来
门口是自然
后山是自然
我们曾向往的自然
无时无刻包围着你
雨后青山翠色欲滴
松鼠抱着松果
一只小鹿从树林深处出来
它的眼睛是一颗灵动风景的珠子
进山,不必每次都是劳作
负手而行
听听松枝被压弯的声音

从黄埔村回城

黄昏,稻田
一切都十分柔和
毛竹也显得不那么廉价
万物的出现都变得恰如其分

风有点冷下来了
微醺的我此刻已经清醒
其实一路过来

8

也有荒野
荒野上也孤单地蹲着一垒一垒的沙堆

过了城郊
刚好是一路鲤鱼灯亮起来的时候
我们往城市中央行驶
后视镜中
茫茫林海已伏下身子隐入夜色

（以上 2 首选自《民族文学》2022 年第 6 期）

拆字诀

林字拆了，有两个木
梦字拆了林中有夕阳
孤独二字全拆了
也还有孩童、瓜果、小犬、小虫
于我而言，就是小半部《诗经》
而有些词一旦破为两个
只能残忍地以偏旁部首继续活着
有些下午，我会碰上一些不寻常的事物
比如蚯蚓断成两节重生
它们在园子里相互打量对方
好似上辈子谁曾亏欠过谁

福　船

海水从沙滩和搁浅的船上退下

岸边的木麻黄披着淡淡的霞光

海礁峭壁上的一些疙瘩，呈现

上一次风暴洗礼的痕迹

渔夫从船中走出来

徒手攀爬，风浪静止

大自然被他的搏斗，乐观所打动

在此之前，我们曾把福字贴在船上

在船首两侧绘上龙目

把所有的吉祥寓意都交给要出海的渔夫

福船一路高举浪花

驶出渔村

穿过暗礁，风暴和孤寂

直到与流亡的最后一批海岬相逢

（以上 2 首选自《星星》2022 年 11 月）

作者简介

　　韦廷信，男，1990 年 9 月生，霞浦人。中国作家协会会员。
诗歌见《诗刊》《星星》《民族文学》《诗选刊》《诗歌月刊》
等。著有诗集《土方法》。参加《诗刊》第 36 届"青春诗会"。
获福建省第 35 届年度优秀文学作品奖。

石城诗选

海浪的小脚踩过鲸背

鼓声传来时，我恰好爬到山腰
往下遥望城中灯火，宛若水底的星辰

暮霭荡尽了凡尘，寺院高过头顶
我所在的位置，是世间无数个临界点中

的一个，像秒针指向一个精准的刻度
或海浪的小脚踩过鲸背的瞬间

此刻，山下一个故事被偶然提起
如摸到遥远岁月里一只假寐的妖

鸟声要洗过多少回才会这么干净

差一点就接住一句：明亮的，剔透的，闪着
鲜绿的光，一触耳廓便转瞬即逝
我看见了它穿过密林留下的痕迹，沿途躲开
风沙、烟尘、落羽、蚊足，和可能的雪片
在一条枯枝处凌空拐了个小弯

迅疾如电，且与世界保持适当距离

鸟声要洗过多少回才会这么干净
人的灵魂要锻打到多么稀薄，才会一弹即响

越堆越高的残枝垛

一些是昨天傍晚刚刚劈下的，刀口处
留着痛感；一些已经在这里躺了很久
目光慵懒而厌世；一些长得太快必须提前了结
一些恰恰是因为太慢，也不被允许
一些太弯，一些太直。更多的
找不到理由，或者不需要理由
在一场大火点燃之前，偶尔有人看见
一些在高处跳舞，另一些在底部呻吟

在大京，神穿上过我们的身体

神穿上我们的身体
如同穿上一件件款式不同的衣裳
然后又一股脑脱在
一处陌生沙滩

时间是傍晚，地点叫大京
那一刻，神是裸体的，名字叫
诗歌。方圆好几里
都是神自带的风景

潮水、礁石、海风

和远天下阵列齐整的点点白帆

甚至刚刚经过的那片

疏阔幽深的木麻黄林

在陌生小路上

这个秋天，薄雾中的那一片衰草

每一根都像是我今生见过的一个人

它们匍匐在地，复又彼此叠加

只有少数几根默立一旁，但也已经明显变弯

我路过时，忍不住一阵心跳

差一点就喊出其中的一个名字

面对那遍地金黄的稻谷

我只要其中的一棵

其中的一穗，甚至其中的一粒

我只要那黄

那从头到脚的黄

那通体透亮的黄

纯粹的黄，一心一意的黄

黄得使人颤抖

使人着急，使人担心

甚至使人害怕

我只要那黄

那是倾其一生的黄

是用尽全力的最后一黄

面对那黄

收不收割

都是一种冒犯

星　光

感觉星光有点凉
是因为它太遥远
感觉它很凄迷，恐怕也是
一个空旷如斯的夜晚
有一小滴星光照在头顶上
总比两手空空的好

在河畔

那个时候，我没有心思去想
是我来到岸边
还是岸来到我身边
想溪水什么时候流干
其实都没有关系
我已经躺在了岸上
躺在一棵小树
和几丛青草旁边
而且我愿意
就这样一直躺下去
一直让软软的身体
贴着坚实的地面
贴着有点硌人的石头
贴着下面的水
叫阳光闭起来
叫白云潮起来

叫空中的长头发，脸对脸
一绺一绺垂下来
心想，如果是一只鸟
我这就去飞

（以上 8 首选自《台港文学选刊》2021 年第 2 期）

所　剩

对于一只鸟，翅膀以外的天空
都是剩下的

对于一条河，除了它流经的地方
和沿岸举着露珠摇来晃去的小草，大地
都是剩下的

对于我，双脚和目光以外的世界，都是剩下的
对于这个烟尘滚滚的世界，我，是唯一剩下的

在城市上空飞

谁抽走我身体里的第一根骨头
谁接着抽走第二根、第三根，直至
所有的骨头，只剩下一堆肉
谁再取走肉，只剩下了一张皮。谁呀
谁拿了我的坚挺、厚实和稳重
使我变薄变软，委身贴地
最后，又将我掏空，空空如也

噢，在这个物欲时代，究竟谁
使我变这么轻？这么轻的我
随风飘起来，在城市上空飞
看到的和听到的，都不是我的

（以上2首选自《特区文学》2021年第4期）

有幸与你同在一个县
——写给陈祥榕烈士

2001年，你降生于下山口村
我已在县城虚度年华
2020年，你在遥远的喀喇昆仑山与敌人肉搏
我还在故乡写诗

直到一天，你成了英雄
我成了一个痛失英雄的孤独者
才知道今生有十九年
我与你同在一个县

"清澈的爱，只为中国"
这是你说的。而我想说
"崇敬之情，只为英雄"

我跟你的相同点是
都有一腔热血，也一样深爱这个国家
不同点是：你如今是天上的星辰
我仍在人间跋涉

现在我们俩关系是这样

照亮大地的无限光芒里

有一束来自你。同样

在众多仰望夜空的人中，有一个是我在看你

(选自《福建省百名诗人庆祝建党百年诗选》2021 年 7 月)

作者简介

石城，本名陆林松，男，1968 年生，屏南人。中国作家协会会员。诗歌见《诗刊》《诗歌月刊》《福建文学》等。著有诗集《乌鸦是一点一点变黑的》。获孙犁文学奖。

叶玉琳诗选

传说中的桂香街

甲午海战的硝烟已然远去
是谁又在开拓疆土
向海而生

我们都那么信奉传说
都有一颗鲜活的海洋之心
从闽东到闽南
乘一艘刺桐古船在黎明湖逶迤
多想看你笑，看你哭
看你在黑暗中勇斗倭寇
直到桂香街再次长出
香气四溢的名字

昙石山公园早已和春天融为一体
面对这海洋文明发祥地
我有了幻觉
幻想这空无一人的风廊和水道
这烟波流转的红雨山房
以警醒者的姿态

住进我的身体我的灵魂

狂喜也好，悲怆也好

我的血都将于深深的绞痛中

一点一滴，注入汪洋大海

唯有洛阳桥上

月光菩萨夜夜祝祷

世间风物，大海初心

渔村少年

黑松和相思树相互渴望

灯塔在石头厝旁矗立

仙人井有层出不穷的奥妙

所有热爱的事物都在

都面目良善

而又各自高贵

可是除了你

什么样的风景能让目光低垂

有人说，大海就是要闪闪发亮

每个少年都值得春风眷顾

离我最近的那个少年

什么时候生出了大鹏之翅

从此他不会夜夜起身

在海边的园子里栽种玫瑰和荆棘

我不忍细看

从中间横亘过来的岛屿

怀揣怎样的梦境

坐看夕阳西下，相约如虹

上　岸

我看见欢快的海水
在这里拐了个弯
豪气冲天的渔鼓
弥合了连家船民半部辛酸史

家连着船船连着家的日子
已经一去不复返
曾经的海上"吉普赛人"
不再目光空茫、身躯佝偻
辽阔的蓝色牧场日日在更新
白马江被一条彩虹拦截
来不及爱上人间的倒影
这些用来答谢的米酒
在寻找焕然一新的主人
此刻，他们心生篝火
正被幸福揽在怀里

我听见重重叠叠的海水
又发出迷人的回响
这声音是茶叶，是丝绸
是滚烫的另一座岸聚拢风云
夜里，当波涛像一群追梦者
涌向这个彩色渔村
我知道，一部湛蓝的史籍
正交由大海的儿女徐徐开启

故乡黄金海

如果一首诗能写尽大海
那它就不是大海

海中也有五千匹骏马
海中也有草木之心

有用力摇匀的酒
也有来不及倾倒的灰

这是一个人的海
年轻的海，年老的海
病中倦怠的海
凝神康复的海
藏着人间悲喜
把时间冲刷成岛屿
把仇人变成亲人

即使是微弱的海风
也交缠着空旷的爱情
还有更辽阔的港湾
它也在航行的序列中

静穆，或等待
都只为一轮落日
把金灿灿的钥匙
重新别在故乡的胸怀

（以上 4 首选自《诗刊》2021 年 11 月）

在浏河古港

那海水分明从天上来
裹挟着前朝的草堂和梅影
春日迟迟，丝竹吴歌
古港口用一夜风云改写了乡愁
天马、麒麟、神鹿和紫象
以另一种姿态加入航线
它们要在江湖创立门户
冲破海洋的襟喉

我出生在大海边
却从未真正得到来自大海的消息
我的诗意磅礴又柔情
600多年前来自海上的那场旷世之举
却让我踌躇万端
天妃宫前，我无法向大海发问
是什么夺走你的青春和肉体
才能以船立命，以海为家
统领官兵数万人，海船百余艘
七次奉使诸番，自此开洋
途经苏门答腊，苏禄，古里，阿丹，红海
十万里海域用过洋牵星术
准确预测过漕船的方位
也锚定人心的航向
历时二十八载的刀光剑影
在浪尖上，在跨越种族的地方
种上神秘的稻蔬和玉帛

也种上东方传奇和人性的光辉

以波浪和天空作为报答
此时，一个虚拟的航海者
要从你远逝的脚步声中
驶入大海，仗剑天涯
浩浩汤汤的水中央
是通往梦想的道路
这颗心，蓄积着船桅的力量
却比风还要强大
可容马船、战船、粮船、水船
也搭载船主、水手、脚夫、马夫、纤夫
阴阳官、书算官、办事员、翻译、医生

我当然知道
思君千载，终有一别
两岸的青葱山色已塑成巍巍莲座
但我依然相信，大海在韬光养晦
正如语言的新旧两陆在交替上升
那亘古通今的东西洋已停止猜忌
我们的心，比邻在这万斛之舟
我为你流的泪，是沉默的茶和盐粒
是蓝色月光包裹的瓷器和丝绸

路过一个名叫阳春的村庄

冬日的暖阳照耀着
一个名叫阳春的村庄
普照堂顿生温柔

而你面相庄严
纵然隔着千年苍茫
人们依然能够拜见你的肉身

人们在这里寻找光
光就从银瓶尖的缝隙钻进来
人们从你的脚下寻找水
水就从圣泉岩涌进来
渐渐地，这些水贯通
一个个名不见经传的村庄
带走沉沉黑夜
这些光蛰伏在体内
把人和大地都变得透明

原以为如此偏远的村庄
只剩下狭隘和寂寞
可是在你这里
有那么多扶贫济困的身影
和你一起抬升了田野
也拓展了四海家园
他们和你一样
走过千山万水
时间的流逝必然留下伤痕
但对于人间的慈悲和爱
却远比想象中来得绵长深情

如此，请收下敬天敬地的人们
以一瓣心香默默敬你
也敬在草木中躬身的自己

（以上 2 首选自《诗刊》2022 年 10 月）

从大海中搬动

夕阳在慢慢腾挪
感觉整座海都在光中漂移

请以大地之胃
喂养龙须菜和花蛤
请以天空之眼
盯紧金枪鱼和梭子蟹
否则它们将很快逃逸
大船摇摆，潮汐卑微
白海豚孤独如王
它有足够的时间用来沉思
这蓝色的呼吸楔入大海
苍凉，又安宁

这是在东南海面
波光粼粼的水
反复运送着肥沃乡愁
是的，一座渔排就是一个故乡
就是现成的蓝调秘境
但当海潮退尽，浮日黯沉
你是否有足够的韧劲和勇气
抵达另一条陌生的海岸
是否仍有执念，有如
沧海逸珠，净水暖波
骄傲，挺拔
不呈现就羞愧

想着大海还剩些什么
从大海中搬动什么
成了此时此刻
新的哲学命题

下尾岛

黄昏的紫藤树下
我们说起下尾岛

故乡的东冲半岛
男人用古铜色的肩膀贴着海岬
用列阵的船队摆脱险境
女人在礁盘上敲打贻贝
这石缝中的生计
仿佛已经坚持了半个世纪
远处，海潮奔涌
海蚀洞傻傻分不清
女人、时间，和万物

大海不说话，它的起伏
诞生了新的美学方式
像一首诗，悬而未落
不为人知

宽　恕

直到最后一朵火烧云滑下桅杆

那个人还在大海中间
与自己对峙

台风季总是飘忽不定
同样飘忽不定的
是来自远方的消息
大海永远无法知晓
也从不修正
自己制造了多少错误
多少人抛却了故乡和妻儿
在这小小的水域谋生
可再多的别离
在汹涌的海水面前
是多么微不足道

月明之夜
大海停止了撕裂般的怒吼
天风伴送三万里海涛
扑朔迷离的海底
流水要唤醒时间之外的时间
把霞光铺成盛宴中的盛宴
一会儿，海蛎子和螃蟹
就该爬上海滩了
大黄鱼和白鲳也该跳出梦中的舞蹈

想想这一切
大海还是值得宽恕的

故乡的白海豚

又见渔鼓声声
唤醒那一船浪花白
看你起舞，年轻的身体
一俯一仰，一张一合
旧时的记忆开始漂浮
一直停顿不下来
你想爱了又爱
与另一个身体
不分彼此

我庆幸没有错过
故乡的山川万物
大海浩瀚，海水又清又阔
八百千米岸线似典藏
两岸的红树林摇曳起伏
它经历过台风肆虐
却依然保持好看的腰身
仿佛永远十八岁

当天空把光蓄起来
蓝色的大海弯向穹窿
海风吹散了尘世的味道
你的怀抱，温暖潮湿
我心至此，又怎能
随时光漫溢
独自浪迹天涯

夕阳下的海港

退潮了。弹涂鱼和花鲈
从海的缝隙中钻出头来
金色光辉涂满它们的脸颊
我看见刚卸完货物的海湾弓着背
笑了一下，又笑了一下
远方的鱼鼓响起
长满水草的音节，醇美的音节
借助云墙升起又缓缓落下

而这是单纯的、快乐的、迷人的
除了夜晚的星群还在礁岩跳荡
深深的海港很久没有这样平静
五个搬运工像五只水鸟
在半透明的水面低语，静听
他们原是这海湾的另一排浪
现在只等着海潮交汇
拉开世界的另一幕墙

（以上 5 首选自《星星》2020 年第 11 期）

历城：另一种抵达

1
以挑灯看剑的姿态
跃入稼轩的长短句

多少次金戈铁马、沙场点兵

回头万里，已是斜阳古径

故人长绝

2

大风吹

词牌之舟继续摇荡

执一管木叶依依

藏一江白发渔樵

我们拥抱又告别

万物都有着辽阔之光

万物都向着殊途

那记忆中的山河

只有添上栗红色野马

种上电闪雷鸣

才有炽热的魂魄

才能转山，转水，转昆仑

3

如你所见，八月我要远行

我要做一次冒险

短衣匹马，移住南山

长夜呼啸，云气苍茫

我把眼前的华不注孤峰①

称为美的循环与重叠

世界浩大，而我生性好奇

看一朵莲花如何端坐鹊山湖中

在平平仄仄里一步一步抵达

桑麻杜曲，指画山河

4

山色平静，将七十二道名泉包裹

又默默将它们引领向远方

在众多的泉流中

我如此偏爱锦绣川

偏爱它如山如阜，如冈如陵

如日之升，如月之恒

如齐鲁大地

闪烁起伏的诗篇

5

这肯定是最漫长的等待

也是最灿烂的盛开

神未曾预料到的事

出现在大辛庄甲骨卜辞中

神只要一伸手

就能摸到大地的心脏

如黑夜交出黑陶

6

山谷来过一拨人，又一拨人

或盘，或卧

西看齐烟九点

东送黄河逶迤

岁晚田园，多少封侯事

且让它幽闭于四门塔

消弭于洪楼晨钟

7

而我独步于古塔松风

化身于烟波锦绣

我爱惜趵突泉下一只蚂蚁

也向往千佛崖前世今生

我爱这些匍匐朝圣的身体

他们和我一样

借助想象的光亮抵达

剔透如珍珠

婉转入星云

注：①华不注孤峰，济南历史名山。

（选自《草堂》2018年第11期）

作者简介

　　叶玉琳，女，1967年生，霞浦人。一级文学创作，中国作家协会会员，福建省作家协会副主席。著有诗集《大地的女儿》等4部。诗集入选中国作家协会重点作品扶持项目及"21世纪文学之星"丛书，诗作入选《中华人民共和国50年文学名作文库》《中华诗歌百年精华》等。获全国首届"山花奖"金奖、《诗刊》诗歌艺术文库优秀诗集奖、《诗选刊》2015年度优秀诗人奖、福建省政府百花文艺奖、福建省优秀文学作品奖一等奖等。参加《诗刊》第11届青春诗会，出席第6、8次全国作代会和第10、11次全国文代会。

伊路诗选

看到最早的黎明

那从山谷里升起的
几十只公鸡不屈不挠的呼鸣
仿佛接通了汹涌着暗流的深管
裹挟着渊潭旋涡高低错落
从地穴窟洞里顶上来
向上天耸起插进云层的大柱
像要护住一种更大的气象

没有它们
你不会去看见一个小小村庄
看见很多这样的小小村庄
不会知道沉默的群山里
有如此雄浑强悍的生命力
我的身体靠着一棵树以担得起那气势
闭起眼让大脑全力盛住
那声音的扩动滚转与萦绕
一串鸟鸣如小舟的队列发颤在洪涛间

我感到天穹有对应的深喉

要将之四向扩放，轰撞，唤醒
涌动的群山刚安定下来
便被猛地旋出一条洞道
我听见蛮荒源头的那第一声
看到最早的黎明

一群水在山中

一群水在山中
有的高一点，有的低一点
有的跳，有的迂回
互相击溅出声音
分辨不出是谁的
遇到石头总是先撞乱了队伍
无意中变幻，节奏天然
为每一座山拐弯
不知已改变了前程
此刻它们为了从岩石的夹缝穿过
队伍变得很细，很急
有一条伸向水面的树枝
拌倒了一排排的水，一排排
嘻嘻哈哈跳跃，水花四溅

没有身体、灵魂之分
全是一样透明
时刻变幻出一闪即逝的创造
不能定格，不能互相证明
不知道为多少事物走失
不知在何处完成自己

南方的山林

看不清单独的叶子，枝干
团团拥成大同小异的山峦

从车窗旁退去
退进云雾，退进夜色围合的荒寂
其实没有挪动一寸
在南方，很多山林都是这样子

一道溪流不得不从山脚露出来
被我的相机摄入一截放进电脑放大再放大
看清一缕缕水在石头间复杂的际遇
那些打旋的落叶、花瓣、鱼儿
也看清石头们各自的形状、纹理、色泽、斑痕
以及落在上面的鸟粪、羽毛、昆虫的翅膀

我看得越仔细越觉得自己看到多么少
而山林，并没有要包藏什么

树上的小虫

那只小虫有很多树枝的弯道和台阶
它在这崇山峻岭中爬呀爬

一不小心掉进了谷底
绕了很多路，才到了一个梢头
又不知不觉中顺着叶沿到了背后的暗影里

一棵树，也迷宫遍布

后来它卧在向阳的一片叶上
像一小团蜜

来了风
我的眼睛找不到它了
我的眼睛有多少够不着的地方

万花筒

那尾羽长长的鸟儿飞进一棵树里
树叶轻轻动了动，谦虚地接待了它

多密的树丛也有空隙透着天
是叶子搭着三角形、棱形、多边形的窗
正由风的手摇成万花筒
那小客人也在参与中
跳跃着输入变动的密码

你的心隐于其间
成为一个复眼
一个万花筒有缘由不明的无穷变幻
比如此刻的这棵树

（以上 5 首选自《福建文学》2022 年第 12 期）

小窝儿

如果我能自己盖一座屋子
四周的山都是大柜子
储存着鸟语花香和神秘的湖泊泉水
多么好

但此刻
我也可以把身旁的一面墙想成山壁
把通向空调外机的墙洞想成山洞
有一个唧唧啾啾的小窝儿筑在里面

我把它放进心里
穿街过巷
惊异又担忧

失眠的空洞

那喉咙是一管笛
胸腔是排笙
身体是小提琴
穿心穿肺，诉尽心意
一滴滴、一串串、一弯弯、一涟涟

我从床上坐了起来
看了看表
五点，是清晨了

我的胸口有一个失眠挖出的空洞
鸟儿耐心地把它填满

世界还像沉默的大钢琴
很快会被踩得轰响
鸟儿，这一次
你的声音不会叫出去就没有了

我的心不宁

一只喜鹊落在艺校教师宿舍楼的一个窗台上
头往里探了探，腾到檐口鸣叫
又俯飞下来，满墙地跑
老师们搬到大学城去了
这空楼还有什么

我到厨房洗碗
又看见一只鸽子
站在单位传达室的屋顶上
我拧动自来水，它的翅膀就扬了起来
我把碗敲几下，那头就循着声音转

精灵的鸟儿
你们使我的心不宁

（以上 3 首选自《诗潮》2022 年第 11 期）

在阿尔勒
——致梵高

这季节普罗旺斯的薰衣草已经枯萎，阿尔勒的街巷几近荒凉
那白色房子锁着门——层层拘囿中的空
但虚无也有化不开的质地
一切都有自己的武器

您的向日葵——
层层密实卷曲奔跃的灿亮，铿锵地向世界宣告
一个内心光明的人，没有阴暗的位置
每一朵都是炽烈热爱幸福铸出的感恩勋章
您的田园，湛蓝天穹，磅礴云阵，播种者，土地的青筋血脉
公义的芬香升腾弥漫
您的树木如火炬
照耀
黑洞密封的星辰和群星旋舞——是谁给了您如此的美梦
桃树杏花——鲜洁娇嫩——春日艳阳
让我的心尖指尖想伸到那晴空的天地里浸润滋养
您不定格黑
您笔下的阴影从来都是更为饱满的浓红绿紫透着生机
细小笔触里的村舍、溪流边洗衣姑娘
揉进您的温暖、柔软、挚爱……

您的灵魂被如此丰盛隆重不可阻挡地救出
一再重生

圣维克多山

——致塞尚

上苍赐予它每时每刻的变幻
您从不错过那一寸一厘的色彩、光、阴影
不模糊一个侧面、边、棱、皱痕和裂口
以自身的骨骼血脉气韵契合进那非凡的山体感受，领会
造化成就不可挪移的巨石您抚摸辨认过多少遍
您的一座又一座的圣维克多山
重叠互动万象纷呈

寻你
那条上坡的路多么长，一再以艰难指引

——娄奥画室
开阔的窗，搁着画笔的调色盘、粗重扎实的画架
可以伸下门洞用于搬运画作的木梯
表达着您

——坡路下，正值戏剧节的老城阿维尼翁，每一条巷子都静谧
那位夹着卷宗匆匆赶路的女士
被问路的我们拦住时那耐心温和的神情
蕴含着您

——坐在画室旁的三棵大松树下，和排成行写生的孩子们
一起远眺庄严的圣维克多山
仿佛您就在那飞扬云霞中，又如同在身旁

（以上 2 首选自《诗探索》2021 年第 2 期）

作 者 简 介

　　伊路，女，1956 年生，福鼎人。中国作家协会会员。诗歌见《人民文学》《诗刊》《星星》等。著有诗集《青春边缘》《永远意犹未尽》《海中的山峰》等 6 部。有作品编入中学语文课本，部分作品译文在美、英、德等国诗歌刊物发表。获"扬子江"诗学奖年度优秀诗作奖、福建省政府百花文艺奖、福建省优秀文学作品奖、美国 2016 年最佳图书翻译奖等。

刘伟雄诗选

禅修者

据说他上山后就没下过山
探访了山上所有的洞穴
不断地修着入地通天的路
偶尔会种几株兰花
让坚硬的石头也有柔软的光

夕阳就在他宽大的袖管下
缓缓滑落　夜色里的草香
像呢喃的方言　被山风吹着
终于找到了最完美的注释

他们知道了远处的大海
原来与山同在一个频率呼吸
禅修者　他们深藏洞穴里的心
悄悄让鱼和鸟互换了信息

夜宿太姥

无梦的年月　梦台

真是一块神迹
前世今生时隐时现
就像风吹着山中的云雾

太姥的怀抱里
听着石头对石头的倾诉
从天星璀璨到明月高照
一山寂静与万千思绪
都可以在此刻沉睡

醒来　九鲤还在朝天
金龟还在爬壁
仙人锯下的板　还没有
完成铺向天堂的路径

锣鼓山

真是一座魔幻的山
居然两次登临　除了石头
还是石头

还是那群人　采风的人
可惜这初秋的黄昏
除了夕阳下沉　居然没有
一丝丝的风

也没有想象的白云飘过
只有对面一座苍茫的山影
叫白云山

机翼下的故乡

故乡小到一个火柴盒
小时候游泳的水库
也小成一颗小米粒

那么小，还怎么放得下
兜里的一颗蚕豆
几只蚂蚱
和妈妈在村头的
千呼万唤

（以上 4 首选自《芳草》2021 年第 3 期）

老房子

有的屋梁开始移位
听到岁月蹉跎的声音
在里头　像父亲的骨骼
疏松的那份痛楚

我觉得必须立即修复
家庭会议上意见不同
有说索性拆了重建
有说部分拆了修复　有说
榫头烂的部分拆了修补
总之　是要动老房子的手术

在决议要通过的那刻
突然有个声音说
房子和墓地都不可随便动
你们考虑好风水了吗

所有的争议戛然而止
寂静中只有风吹动屋梁
微微的颤抖

大　雨

车堵在高速公路上
暮色在车灯闪烁中降临
看雨水漫过前车的轮子
看血液涨过苍老的额头
把方向盘的手终于颤抖
喇叭声里谁借我一双翅膀

真不应该讨论娜拉出走之后
也不应该去翻鲁迅的子君涓生
这些错位的时空
都是睡眠之外的遗留物
有关日常琐碎和悲凉风声
使车的速度赶不上话题的语速

因此大雨滂沱
因此堵得心慌
因此岁月静好无路可走

（以上 2 首选自《特区文学》2021 年第 4 期）

汗血马，倒毙在南方街头

这些马中极品　驰骋在历史中的尤物
居然在热闹的南方　倒毙在工程车的钢铁之下

一直难以想象这褐色的骏马　走在街头
在钢铁的洪流中是一种什么样的气象
他们适应这个空气吗　他们的草料
应该不是汉堡和薯条吧
他们会不会想起草原就会落泪
他们在水土不服中是不是会有越狱的冲动
我们已经不得而知　流转的时光里
即使再会嘶鸣　它也不可能奋蹄飞奔
这些水泥森林林立的路障将遮蔽
所有回乡的路

卸下工程车上的黄土　这些新挖的土质
倒是可以给它筑一丘新坟
汗血马　留在战场和草原之外的
异乡

木茗草堂

这个时间的道场　车马喧嚣
小孩哭闹　音乐是泰坦尼克的沉没
开水泡翻了麻木的树叶
故态复萌　香与香原来也有不同

铜壶煮山水　水漫金山
土家茶　畲家绿都是家传的绝技
技压群芳　老鼠在梁上抬头望风

这座城市的地标　踩三轮车的都知道
就是没有进去喝过一杯地道的茶
茶已经不具备解渴的功能　世界惟此
走上了歧路　斜阳很有诗意
草堂却从不长草

若干年　这个城墙之外的地盘
将被新的围墙围进了网络
相信不管是不是客　来的自然来
去的依然去　价格在涨
人情在落　老板是伊人　依人
还是一人　都是沉默的古码头
站在岸上风中的一棵芦苇

不见那艘离岸的船　在护城河边
只有一摊水渍　墨水一般

（以上 2 首选自《草堂》2019 年第 4 期）

海　滩

没有船只的海滩　也是海滩
那个少年斜着肩头站在海边
他要穷尽自己的目光

把海望穿的姿势　真是叫人感动

海浪喧哗　从他的脚上冲过
听得见泥沙被过滤后的惊呼
招潮蟹如果有心情也会高举双螯
呐喊着为一个尊严的出航

没有了船只的海滩　也是海滩
乌云密布中的天空　怒潮分不清
是谁的天地　落在礁上的鸥鸟
不会为了生育而放弃弄潮的机会
直到一抹夕阳镀黄少年的脸
苍老的苔藓爬过他的手臂
一尊雕像是以他的形象
站在海滩上　站成了我们的今天

老　家

闽东山区　很冷的一个村子
十点之后才有太阳从山的顶上
移到我的屋檐下　那只黄色的猫
追着雀儿满园翻跑　我奶奶
用福州方言训着鸡们鸭们
到家门前的小溪寻找自由的生活

茶树被采集过的枝上　又冒出了
新芽　像梦一样长满了绒毛
土灰色的棉袄露出了棉头
冻红的鼻上挂着冰凌

早春的原野　雾气浓郁着
牛的脚步迈向了画的边框

常常这样在温暖的被窝里
想念着早年的清寒　用键盘敲打
我的那个屋檐　那只猫
那片茶园　还有祖母驱赶雀儿的身影
她招呼鸡鸭猫狗回笼的那个黄昏
连她飘在风中的银发都成了
我在这个世界发呆的理由

水中老佛

如今老佛在水中想什么呢
千年龙腰碓已把稻米碾进
每一个朝代的嘴里
隋朝以降的各路生灵
以霍童的名义归化繁衍

废弃的石碓早已不知去向
面对地名　人们有几分失落
又有几分坚定　几分的不舍不弃
似乎还要把哗哗的流水
全都碾进悠悠岁月

季节因此要忘记了花事
雨雪因此要忘记了人间

（以上 3 首选自《诗刊》2019 年 9 月）

大风吹

刮了一夜　风也寂寞
赶着逮谁聊天的架势
没完没了呼啸着方言

扯着衣袖漂洋过海
探出梦境的头颅跟着跑了
不知是被吹进了红楼还是聊斋

隔壁的中药已经熬了一夜
阴阳在瓦罐里吱吱撕打
破晓时分　野山坡上的花开了几朵

（选自《北京文学》2022年第11期）

太阳阁

至今　我没有登上过这个亭子
每一天的对视　都很默契
它把阳光吻过的光辉不断
传递过来　握在手的日子
变得充实而没有杂念

现在　一幢高楼把我们隔开
白天和黑夜已经变样
花开和花落很随意地变换

那些阳光照不到的地方
都只有梦了　梦里是从过去走来的
放不下的习惯

假如　我能继续登高一点
我是不是就可以继续眺望
一座台阁的春秋故事
是不是会有更多阅读
带来的快感

可是　这也只能是假如了
另一种高楼从高楼后面又冒出来
重重叠叠的巍峨逼近了眼帘
现在　它似乎是另一个世界的祭坛
我们的愿望成了贡品
呈给了曾经的距离　那一目了然
一眼难忘的遥远风景

（选自《福建文学》2018 年第 11 期）

行走的摇篮

呼啸的不仅仅是时光
还有感觉　还有记忆
还有花草之间的低眉弄首
蜻蜓和池鱼各自顾影自怜

他们在风花雪月中入眠

他们在万种风情里沉醉

行走的摇篮里　　醒来或是睡去
梦是一根接一根的铁轨　　石头在下
延续曾经爬梯的姿势　　来来往往间
这个巨大的摇篮在风雨兼程

被摇醒的乡间不断沦陷中
被摇睡的城池在不断繁衍里

给我一杯开水吧　　足以驱寒
给我一个眼神吧　　春天在望
伸手在摇篮之外
我摇着苍穹　　雷声轰隆
我摇着青山　　万物生长

裂　开

寒冷的外面　　椰子还在树上
他们要风干成木乃伊
还是干果仁　　这个无关紧要

我只在乎这裂开的梦境
陶瓷一样的釉质　　顷刻
还原出火的形状　　一双手
像穿过丛林的鹿鸣

那些清脆的叫喊随风而去
火车轰然而过　　扣在大地上

铁轨　无限延伸的故乡
尽可以用想象填词造句

时光在裂开中看见未来
水唱着挽歌　我不是鱼
不是鸟　也不是什么

（以上 2 首选自《福建文学》2021 年第 4 期）

日　常

你的兴奋需要节制
你的燃烧需要节约

慢的蜗牛如果要跑
就会跑进快餐的碗里
快的兔子慢下来　它也会
慢成一坨酱兔肉

蓄久的水都有许多秘密
浮在上面的花
沉在下面的鳖
谁知道它们是什么关系

夕阳总在这一刻落下
它才不管你要用什么绳子
拴住它的一意孤行

（选自《福建日报》2022 年 2 月 18 日）

糊吊汤

它就是一碗小吃
被我们不断怀念
居然就有点沧桑的味道

某一个时刻　大病初愈
来一碗　仿佛要拯救岁月
那座桥边　流水打转着
像唱片里不断交响的童年

灌下的那份淋漓
突然会冒出冬夜的絮语
酸辣醇酽　你说了不算

老板娘春风拂面
说还认得曾经的我
不就是往年那一把泪
调出的时间美味

（选自《福建日报》2022 年 8 月 5 日）

作者简介

刘伟雄，男，1964 年生，霞浦人。中国作家协会会员，福建省作家协会主席团委员，宁德市文联副主席。1985 年 5 月与谢宜兴共同创办"丑石诗社"。作品陆续发表于《福建文学》《星星》《诗刊》《人民文学》等杂志并多次入选全国级优秀诗歌选本。著有诗集《苍茫时分》《呼吸》《平原上的树》。获 3 次福建省政府百花文艺奖、华东六省一市报纸副刊征文一等奖。2007 年 11 月参加全国青年作家创作会议。

汤养宗诗选

有的地方，只有诗歌能去

大车有大车的好，高速路有高速路的好
几千人同乘一辆车，你会说
更好。但是
有的地方只有自行车能去。车型
甚至不是时下城市里流行的共享单车
那里无法与人共享，生命的幽径
神仙也忘了它的僻静，一谈到
其他的时光其他的路标好像是不算数的
并有朝生暮死的去向不明
朋友啊，在那里我有一桩旧事等你来
你必须踩着单车，那里路窄
比如
诗歌那么瘦窄的身体，才好侧身而过

在吴洋村看林间落日

我只能说，一只金黄的老虎又回到了林中
它要回来看看，一天中
有没有谁，对它的老巢动过手脚

林间，有占窝之美

并在树荫小径上，嗅出

一个王朝散落在草间的气味

像世界的一场秘密事件！它不许我们插嘴

更不许我来安放人类的立场

百鸟齐鸣

老大，你依然远有天涯，近有步步逼人的蹄爪

家乡的山上有仙

在我家乡，大多数人能善老善终，活的

心中有数，是坚信

家乡的后门山，有个仙。只要说出

老家的山上有仙，便是说

去往山顶的云上，有人在铺路

这样活与那样活有了放心的答案

许多有路而过不去的梦中

我想起了我的神仙，一想起我的神仙

拦在月光下的人便会怕我

越老我读的书越多，只有那个仙人

要我减下来，说内心的底气

更可以让一个人以一当十

这便是传说中的仙人指路

同时也是我要的靠山

比靠山更重要的是，一代代人出生后就认定

爱家乡便是爱一部祖传的天书

经验告诉我，有家乡便有一座仙山

便有一个人最大的家底

古人把家乡叫家山，取的便是

当中的仙气。接下来才又像我这样
把它写成了一首诗

五月四日登目海尖，采花记

我根本做不了把花朵称作女儿的父亲
也不想抵御
上天布下的迷魂阵，我肯定要
老病重犯，并愿意再犯一次：提着灯
在空气里嗅来嗅去
这漫山遍野的杜鹃都是我的，都是我的
我一一叫出它们妖精般的名字
还安排了妖精们住进
今晚的宫殿。我是大地喜爱的病人
喜欢摸桃树的耳朵
认为有些春天的鸣虫值得言听计从
在世上，他们一直限制我
说醉话，魂不守舍，内心起火
像现在
一个人在山上大喊大叫："我就是你们
要捉拿的采花大盗"

（以上 4 首选自《人民文学》2019 年第 7 期）

虎跳峡

真是苦命的来回扯啊，我一直
活在单边。另一半。这一头与那一头

够不着，与偏头痛
请允许我，在人间再一次去人间
允许狂风大作，两肋生烟，被神仙惊叫
去那头
拿命来也要扑过去的那一边
去对对面的人间说，我来自对面的人间

不识字的春风送来了万卷家书

不识字的春风送来了万卷家书，石头们
举目无亲，混在人间却有悲欢血肉
天地运转，可靠，但从未问过谁家的姓氏
如果春风识字，世界上便多一个
送信人便是嫌疑人，也多了
可以被偷偷拆看的天机
春风永远一副目不识丁的样子
留着与我们一样飘逸的发型
在它手上，国王与女孩的心事
必须同时送达，大大方方或神经兮兮
也不问虫鸟的有病与没病，也不心怀小沧桑
不是大悲过后又来个大惊喜
它随性、不刻意，不去玉门关就是不去
不识字为什么也满腹经纶
没有为什么，天生的仁者，没有用心
用心，何其毒也。春风不用。无毒

逃　跑

唉，这也是一门伟大的技艺。太聪明的

是有人设立了这面墙

精神病医院里，两个患者

每天在重复逾墙逃跑，一个被托起

另一个再被拉上，一斤黄金

带上了另一斤黄金

继之循环。归零。周而复始

他们在做下这一切时

世界已经一叶障目。一次又一次

自以为是地翻墙而出，等同于

翻开一张白纸，又遇见了一张白纸

这便是成全。一项逞强的

永怀绝望又心有不甘的行为艺术

没有比这更自信的，额外长出来的手脚

每一次，他们都以为

自己已经逃离了这地狱，大获成功

小庙关门的时候

小庙关门的时候，山下豆腐店也关了门

天下无事，天下的城已无门可关

但天下永远开合着，看得见

与不让谁看见的门。我正往一座虚拟的城

去踩踏门与道，以再次证明

身体在经历人世的阴阳

一个人路过的城池多了，会经常地

走错门。走错了门，身体便成了黑客

或将错就错，将左门走成右门

找不到门的人，自己就是一扇门

半明半暗中，比谁的老江山更赖皮地

在虚门与实门间，站成
一夫当关的样子。这就是天下的闭门羹
我已大开大合。身体的裂隙处
跳进了几只蟋蟀，这窄门中的小神
正对着遥远星空，倚门对望，申诉，又虚空

（以上 4 首选自《诗刊》2019 年 1 月）

在汹涌的人世老了下来

斜阳西照，效果上是
在一道墨水上，再加上一道墨水
小城的每条大街小巷，都是我的
旧江山或小停顿。一张张
相识或相近的脸，正变成
雨夜里常常要念叨到的流水声
下一代人相向走来，会把路子让开
那是滚热的体温正在避让
老下来的体温，这像黄袍加身
又像是得到了温暖的鄙视
我喉珠蠕动，对集市两旁
卖豆腐的，售小粮的，开布店的
说声天色已晚，都收摊了吧
声音有点多情，类似于
对谁拉了一把或者推了一把
生怕不这样就得得罪天地间最高秩序

报恩寺那口古钟

没有一种存在不是悬而未决。在报恩寺
我判断的这千年古钟，是拮取众声喧哗的鸟鸣
铸造而成。春风为传送它
而拒绝了天下的铜。天下没有
更合理的声音，可以这样
让石头重新开花。树桩孤独，却拥有一身彩翎
带着整座森林展翅飞翔。说这就是
大师傅的心，而我的诗歌过于拘泥左右
永不要问，这口古钟是以什么
力学原理挂上去的。这领导着空气的铜

（以上 2 首选自《十月》2021 年第 1 期）

去往大海的路上

去往大海的路上，许多流水的脚趾都肿了
有的还扭伤了脚踝
有的水在半路就被人弄脏，大海在
远处喊："不要紧的
到了我这里，你就会变干净"
寓言和气喘吁吁都是倾斜的，都向下流去
而大海一直是地球的高地
虚构了坡度，时光里经常是错掉的路标

大地的花腔

作为传布春风的一个小头领，我手上
有号令、谣曲、酿酒术、合唱团与单倍数
吹拂是一门宗教，也是心怀
空气里的齿轮，转动着万物的序列
大步流星的牛羊，忘忧愤，近新绿，一步步
踢着热气腾腾的体香
大地与一种荡漾形影相随，嬉戏着
流水，升起了风筝，模仿布谷的叫声
而我一再对身边人说：我有喜
喜流畅的年份中，天空的开合，大地的花腔

四月，我有个舒适的坐位

我拥有的风景使我永远停留在
那个年龄：在盐田湾古渡口的山头上
四周是箭草与野杜鹃根部
发出的鸟鸣，更远处海潮在上涨
那里有白海豚爱嬉闹的水位
将连家船上的渔娘当成另一只迷人的海妖
我吸了一口草叶香，再吸口
海风里浓重的海腥香
抬头望见众生在天底下纷纷落座的理由
为了这看见，我跟踪了我一生

举 杯

为江山举杯时，必须用最有底气的酒
才好与江上清风山间明月相接气
天水已经截流，饮者各无踪迹
坍塌的朝廷也散去它的筵席
在世上，遍地的遗存都孤掌难鸣
并显得上气不接下气，只有这
古井旁的酿酒坊世代飘香
时间依然维护着它千年香郁的地位
封存在火与水之间的技艺
仍旧标写着人与梦想间的路径和口感
它令我们一滴入魂，楔入
对大地最淳口的深情，让天地
与人心把盏言欢，也留下一部微醺的秘籍
来看管天下的欢乐和私下的襟怀
我们有儿女情，更有天地心
都喜爱以这杯酒的名义集合
这满满的琼浆正荡漾着自己的宗教
喝一口便是万山红遍
向苍天邀饮，看霞彩飘飞，红运当头

微信名

世情又有不可言喻的翻转，在菜市场
自从摊主们改用微信扫码付款
某日起，我便会为扫到的一些微名
呆掉或自认才拙，当手机里

出现：我是上帝他弟，骄傲的狗尾巴草

再苦也是一盘菜，伪香妃，活着

游在山顶的鱼，不死鸟盟军，月之魅

这些都不宜作人名使用的名字

眼前便出现金箔和翅膀

还与谁有了花花草草的关系

我不再是面带难色的下餐饭的

索要者，他们也非一身腥膻的摊主

而是来自火星，是别样的爹妈

遗落在人间的精灵，让我一下子

与他们有了短暂的诗意关怀

来为另一份精神买单，感受命运的

另一面，每人还有小眺望和小心结

那自况又自强的念头，是一小口难言的蜜

（以上 5 首选自《上海文学》2022 年第 10 期）

天空的遗产

在众神死去活来又屡试不爽的夜空下

细细品想天地间的

某些法则，便立刻陷入无依无靠

万法归一，依然是用肉包子打狗，有去无还

但也有在虚空中聊以享用的

比如流水，仍旧事关伤逝，事关花事

并有一笔令人唏嘘的遗产，它就是

天空洒落在地上的月光

万古以来我们借用它赶路，怀乡，接回幽梦

一生中，只借不还

一　愣

人间尚有许多迟疑，理不清当中的没头没脑
但有点得罪不起
相对于大道煌煌，赞颂，光明行
凌晨四点的女人刘子媛，如是说
"凌晨四点的鸡叫，提醒我，鲨鱼还没喂"

放在门框附近的那把钥匙

有点来路不明的那把钥匙，不知道
是谁放的，但我能琢磨到
在一扇门框的左边或右边，常常就有人
暗地里存放着一把。促成了
道路闭塞与道路畅通的天下事
柳暗花明的又一例
那人满头大汗，就是打不开这扇门
类似于被神示
用手一摸，便发现早就有人
在那里做下了手脚
"知道你要用的。也不是所有人
都可以取到它"
摸索的手，触到了
空气中看不见的另一只手，像是触到
一句叮嘱。什么叫我对你的感应
有时是一声咒语、一个眼神
有时，我就知道

你会在门框的附近，为我留下这把钥匙

有什么歇不得处

好事都是歇出来的。那石匠又在
磨洋工，一块石料
雕琢到狮子嘴巴里那颗
珠子时，更加慢下来。上帝责令一个人
牵着蜗牛去散步，蜗牛走不走
都是上帝要他慢下来的借口，他要的是
服从，慢就是服从上帝悬浮的指令
——"有什么歇不得处"
石匠歇茶又歇烟
仿佛时间与他有仇，仿佛所有的赶工
都是要人命的事
东家是个暗暗叫苦的东家
可细活不用重锤，唯有慢
能让石头找到冷却下来的速度
唯有一再的磨洋工，让刘备的菜
长不长都没关系，却得到了
另一块更大的菜园
"有什么歇不得处"——少用力才是道理
在慢处，才有快

琥珀里的昆虫

众多潜匿中我偏爱天荒地老的关押
不再哭一生太短，也不埋怨
度日漫长。我终于

被锁住。房子内外是透明的，自决地
处在明灿的宫殿里，用手摸去
四周已没有灰尘，安心于
做查无实据的梦想家
我每次被指认，皇帝果然穿着衣服
只是身边不再有奸佞与美人
得到这样的大落实，终于明白
有大善才有长眠。爱我
已够不着。恨，也成了气绝又气绝的绝迹
在空气尽头，你永远拿不到
这副胎身的模样
接受更大的时间对自己的看管
我沉湎于这最隐忍的憋气，连转世也不要

雪　豹

因为遍地不合身，我成了雪山的隐者
高迈之心，划出了与你们
永不妥协的海拔，享用
自己的绝路，以及自作自受的孤僻
另一部词典里，我爱的是
孤掌难鸣与河水不犯井水这些
枯寂的词，而支撑这颗心的
依然是绝世的行迹，把断崖走成
来来去去又不与人变通的路
我要让用心术上天的人
继续无路可走，说只有带血的蹄爪
才知道什么是值得抓紧的虚土
天际空茫，正好用来寄存

这高寒中的傲气，你们无法追究我
目力以外的落脚地，我也拿自己
没办法，又凭空捏造般
说我与白云同类，说路脉的断头就是天堂
留在岩壁上休息，是传说
说我来过，又显然是，一刀两断

向两个伟大的时间致敬
——写给"中国观日地标"霞浦花竹

两个伟大的时间，一生中
必须经历：日出与落日
某个时刻，你欣然抬头，深情地又认定
自己就是个幸存的见证者
多么有福，与这轮日出
同处在这个时空中
接着才被一些小脚踩到，感到
万物在渐次进场，以及
什么叫被照亮与自带光芒
而在另一个场合，群山肃穆，大海苍凉
光芒出现转折有如英雄又要离场
仿佛主大势者还有别的轴心
落日滚圆，回望的眼神
有些不舍，我们像遗落的最后一批亲人
面对满天余霞成为悬而未决
认下这天地的回旋
大道如约，接纳了千古的归去来
这圣物，秘而不宣又自圆其说
保持着大脾气

万世出没其间，除此均为小道消息

（以上 7 首发表于《北京文学》2022 年第 2 期）

正月廿六，在东吾洋又见中华白海豚现身

它们现身的那一刻，肯定有
高僧或高贤之士，在是与非的两扇门之间
路过，那恍惚感
正好可以用来说离散
或坚守没有被人挖掉眼睛的话题
接着又下沉了，仿佛这是
隔着两个年代，你们是以
古人的替身突然回来
我念念有词，银白色的鳍与背
终于再次拱出，仿佛谁
心有不甘地再转身与我见上一面
这回还发出那久违的豚音
孤绝，凛然，最高度
在世上，这声音已多年听不到
却一再在舞台上被人模仿
苍茫大海上，浪水突然花开一般阵阵清香

在半月里村听畲族歌手雷远姐唱啊噜调

假声的，啁啾的，银质的，她张口
众鸟的眼睛变黄变绿变蓝
流水继续变细，又被捏尖，刮削

有了最民间的形状

在一个民族开阔的脑部，打转，冲压

出现了和煦的空间

那里野草青葱，清幽，有白云与年代

这是音乐学院要找的

额外的一滴血

被她秘密收留，在有点老掉的

身体中，显现了语言与声音的秘笈

成为被时间安放下来的

值得在火中取栗的一副咽喉

彩虹是不可问的，当它展现在

雨后天空上，纯银的声音

说天地依然是好的，江山不老，人不老

（以上 2 首选自《福建文学》2021 年第 1 期）

作 者 简 介

　　汤养宗，男，1959 年生，霞浦人。中国诗歌学会副会长，中国作家协会会员，福建省作家协会副主席。著有诗集《水上吉普赛》《去人间》《制秤者说》《一个人大摆宴席》《三人颂》及散文集《书生的王位》等多种。获鲁迅文学奖、丁玲文学奖诗歌成就奖、储吉旺文学奖、人民文学奖、中国年度最佳诗歌奖、诗刊年度诗人奖、《扬子江诗刊》诗学奖、新时代诗论奖等奖项。写有诗学随笔，部分作品被翻译成多种外文传播。

余甾诗选

阳　台

在居室和园林之间过渡
阳台——我另一个呼吸器

儿子把网购的折叠式床板立于阳台
那进口木料的气味必须消散

户外的三角梅盛开
花枝探入栏杆似乎对我嘲弄

就像一块彩绘古朴的碗，我不知
该让它盛食，抑或向艺术品晋升

花期苦短，终究得把盈门美艳辜负
要么即刻动手，将那遮花什物移除

听　鸟

天未亮，鸟类争鸣为了什么
是要抢先将一缕晨曦占为己有

或许此时有一天马行过夜空
鸟们要把各自的心意捎给天庭

晏起者陶醉于
鸟的欢歌与蛙的鼓噪遥相呼应
天明，延宕的人生需要从锅碗中
挤出缝隙，强大一如空气

（以上 2 首选自《诗刊》2019 年 8 月）

叶　子
——赞时代楷模孙丽美

分身的叶子诉说着树的位置和周围景象
诉说它即将走完的一年路程；用
绿色代表树的担当，红色代表树的梦想
黄色是叶的妥协，赭色则是委屈和隐忍
还有杂色标识了树的旗帜也会有的迷茫

有时我们在树下避风，或者乘凉
没有谁注意到树叶的形色和颤动
惟有接受庇护和赐予像吸入空气一般
想到树，只有模糊的一篷绿，抑或蝉鸣
那为树叫屈的鸣蝉常常为叶子点赞

其实树的语言类如光的轮换及示喻
不，它比光的闪烁更幽微，也更坚定
它在色变中宣讲，在雾霭中微振

激动时也只借风力喧哗，托水流传讯
树啊，愤怒时也不惜让风把自己连根拔起

所以思想并不取决于声音，正如天象
并不取决于某人的意志。树它大多沉默
无脾气，那众多叶子就像步空的履迹
不，它们毋宁只是手语，以视觉传递
又常常如开启的嘴唇，发出无声之声

当落叶做着最后的暗示，只为完成母树的
全部，再次等待那个知心者临近又再错身
依然等来踩踏和漠视却仍留下叶脉的
编程；相信季节如约而至，沃土还把根系
抱紧——树与叶，总放任那聒噪的孩童

（选自《留在村庄的名字》，海峡文艺出版社 2021 年出版）

云的自白

我迁徙，往高处，那里有黄金的叶子
我用我的勤勉来交换信任
用我柔软的皮肤擦拭天堂的墙角

我只取我应该取得的那一份
那是低温，是上帝赐给的通神的梦境
我在气流的推搡下浪迹天路

我归来，带着种族的记忆

试图馈赠故乡，以几滴回报的润泽
然而却常常蜘蛛一般吊着自己

——既然离开，我又拿什么回返
生怕那变身的暴雨击毁大地；云啊
我是在腾空时便画就降落的曲线

蒲公英的告白

你跟我一样有毛茸茸的绒花
她们一样是带絮状的"降落伞"
然而你的冠毛裹携的草籽更小
小到可以沾着人的鞋底、衣服、车轮
去到风到得、到不得的地方

我本以为你跟我一样属于菊科菊目
所以我爱你，想着有你做伴真好
你的名字紫茎泽兰也跟我一样美
感谢上苍在恍惚间造就了我们的相似

我本有停不了的爱；可是
我竟颠预，打盹的星空旋转出魅影
大地上的事便如掉链的剧情
一面坚强的盾，不知何时已被穿心

好意让你共享蓝天和沃土
这片开阔的坡地胜似仙女遗纱
未曾想你步步进逼踩踏我的根系
挤占我的身心置我于死地

你的子孙组成庞大战阵铺天盖地

向上散发暗含的闷臭令人窒息

向下吮骨吸髓把土地神也绞杀

我啊，是在不知不觉间把自己献祭

紫茎泽兰你这美丽的杀手

人称霸王草的你看似柔弱无比

太阳也愣怔于你的置换术！当初我

让出一寸土就让出了一个世界

（以上 2 首选自《台港文学选刊》2022 年第 2 期）

一所房子

一所房子在远方

那是我的房子，现在还不是

一个允诺已经成型，像海上的

地平线，尽管一再把我的视线拉远

像爱人在拥抱中失去

而假如阴霾降临，太阳啊

——也并非失信，并非背弃

那是我的房子，现在还不是

那里有一块绿地

赤裸的我在其中隐藏

有蟋蟀和蜥蜴做伴

鸟为我看守家门，不时回到草丛

没有盗贼进入，房中也只是草香

和一些催梦的空气
所以欢迎一切造访者
——上帝抑或窃贼
那就是我的房子，现在还不是
抵达它的路很长，一句话还在奔走
在我的期待中保持原样，像一股风
它不飘散，不教拦路的鬼魅吸收
我在此地建我的房子
它在远方成型，那是我的房子
现在还不是，但我知道我会和它
走到一起，并且相亲相爱永不分离

（选自《台港文学选刊》2019 年第 5 期）

葫 芦

在土黄色的面上涂漆、绘图、烙字，那
枯干的葫芦遂成就为另一种确切的态势

葫芦可以盛水，盛酒
可盛下一声呐喊、一生的江湖吗

盛进丹药，或盛下几缕仙气
以至于你的弧线，毋宁是一尊女神的写意

你的腰，用什么束缚，用什么
收缩，以挤过魔界的窄门

《诗经》吟诵的可是山水的盛具
古来又是谁能进入这壶中安居

我不知今天你是否以标本存在于世
抑或以实用的死亡换来虚灵的新生

你自当能从深涧游向大海
在茫茫中代替漂流瓶

为鲸鲨、海马和珊瑚带去旷远的讯息
那曾经的持有人从天穹也从海底接近你

托举者谁？在今人华宅中的仿古架上
葫芦以宁静安享岁月的漫长

当邪魅在人的手脚上继续作祟
我试图从道仙那里接过这一法器

哦，那是一个身体天然或自塑的形状
我该用怎样的一只葫芦装下自己

而你将等待探及你的一只手
那手，因触摸你而倍加温暖、细致

(选自《台港文学选刊》2020 年第 6 期)

江心岛

一个加号：十，是何物的代表

一横为江心岛，一竖是悬索桥
桥上有畅滞交替的车流和日月
桥下有长生不老的蒹葭和雎鸠
当你时而俯瞰，时而仰视，多有
江山移位、门窗重置的疑惑
当绿树和绿水刮起绿色的风
也让时光变绿，吻过车辙
是谁，让款步和疾驰如此交媾
我不知炙热的铁流能否
接受一丝清凉的水纹；阳光的
背面，又是否留有揣摩的空间
就像一对青年脚下的滑板
并不抹去那个老者步履的蹒跚
那一处新建的虚构码头，为何
要把昔日景象模仿？它毋宁
是提示了更多的记忆和梦幻
我来此公园漫步，却有沿着桥墩
攀爬的冲动——一种自我证明的快感
但假如我从桥上跌落，定有
魂归绿野变身蜻蜓的狂想
两颗心，一颗仔细地放入另一颗
就像鸟巢装饰的树灯相互映射
当我迟疑，总有个精灵在身后跟随
对我耳语：尽管两岸风光丕变
江水啊还是朝向东海浣洗时日
没有什么会在海底失眠
母龟早把波涛的影像带进了龟卵
蛛丝尚且沿着桥腹下的青藤下坠

故事的漏洞

故事的漏洞，出自孩子的想象
你没有理由把太阳的斜晖矫正
大桥的建造，或从那顽童的积木开始
车与船，又何尝不可在桥洞下同行

潮汐来了又去，飞船早已轻松往返
老街区尚可把高楼的缝隙挤占
大雁啊，也还能被地平线弹射
惟有时间之矢，条条在天边消逝

我啊，攥紧自己的身体如同坠箭
每日由夕阳点灯完成一次惊恐
而清早也还要打一回生命句号的伏笔
除此依然接受花开的声音敲打神经

孙孩异想的奔驰能赶上高铁的速度吗
祖父因此把气息调匀，把衰老
放慢，即便阎王老儿明察此中破绽
小鬼们也还把，禀报的说辞尽力补圆

有谁在深夜放出乐音
我还得在围墙的内外抓住游魂……

光明港

伸入城市腹地的这条河

是一管竹笛，吹出湿润的调曲

榕树和三角梅各具指法

风，则调控着四季的章节

滨水步道因其长，使心悠远

使稠云，紧紧衔住落日这

红色圆粿，让绿色添其浓郁

河面刷其金黄……

没有什么需要量度，惟有

及物的眼波、贴地的鞋纹，能把

情思还原，如归鸟的一声提醒

然而这以一当十的光明港，假如

宏楼和碧水分属两个地界

谁又能把明与暗的争议裁决

君不见蓝花楹已饱含宁谧、深远

腊肠花却垂下黄金雨的热烈……

既有华灯共把彼此装点

晚空又怎不合笼暮色

谁去管"小河沟"的过往

毋宁随机挨近亲水码头

等待优游的明月一轮

静中，还得止住那许多陈词泛涌

歌　唱

在一棵大树之下呼吸、叹息，试着

放声，试着哼出一段歌曲——试着

唱出一支歌，从肚里、脚下，从树的

根部吸气，吸入山川时序，拔踵——

灌顶，行过血管，就像金龟子突然展翅

面朝近野和远穹，打开上腭和下颌
打开胸腔、咽喉和鼻窦，打开天灵盖
喝下清风和朗月、云絮和大空
并无阻滞，没有恼人的忘却和迟疑
没有羞涩的怯场、追光灯的趔趄

在持久的或瞬间冲动时放歌；在
长期蕴蓄或蓦然充满的心气下咏叹
比雀鸟自在，比号哭和畅笑更形无忌
比寂静还显寂静，胜过河床的落差
如同阳光无可争议地刺破云层

在一棵大树之下呼吸、叹息，试着
放歌，试着挥动如诗的两臂——当你
觉得，有什么同自己的细胞合成一体

（以上 4 首选自《福建文学》2022 年第 1 期）

作者简介

余禺，男，本名宋瑜，1955 年生，蕉城人。曾任《台港文学选刊》主编、编审。中国作家协会会员，中国世界华文文学研究会理事，福建省台港澳暨海外华文文学研究会副会长。著有诗集《过渡的星光》，散文随笔集《拾筐集》，文学论述《复眼的视界》。多次获得福建省优秀文学作品奖。

陈小虾诗选

有一种鸟

七岁那年，小山村，一个人时
空旷的山谷传来一种鸟的声音
"不哭，不哭，不哭……"
一声一声异常清晰
可是怎么也找不到它的踪影
后来一次，在异乡的出租房
我因失去一个人哭泣
泪干望天，听见"不哭，不哭"
还有一次，手术台上
麻醉针推进去时
一把刀即将切开我的身体
我又听见"不哭，不哭，不哭……"
一声一声渐渐消失
我不知道接下来会在哪里
听见。我没见过它
却对它异常熟悉
"不哭，不哭，不哭……"

蓝尾喜鹊的秘密

幸得一粒小果子
它衔着飞来飞去
在陶盆前停了下来
偷偷把它藏到盆子里
它东张西望，飞到更高的屋顶
看了又看，确保没人发现
它藏在院子里的一小颗甜蜜
才安心地飞到远处

我偷偷掀开过草皮
那是一颗干瘪的小葡萄

潮音岛散步记

绿化带，花排成队列
开往盛夏
我们沿着栈道一路向南
已知的目的地
黑夜与雾制造未知的迷幻

入海口，回头眺望
居住了几十年的城
悬浮在暗涌的波涛制造工厂上
一群鱼，在波涛中生生死死

路尽头，机器轰鸣，我们并肩

把仅剩的渔火命名为星星

渔 村

台风走后
家家户户，供桌上，烛光摇曳

海浪拍打着黎明的岸
红灯笼，石巷子，香火袅袅
丧子的老母亲倚着家门睡了一夜

海湾的臂膀里小村庄睁开眼
多像母和子呀……

狂风巨浪中死去的灵魂
变作小螃蟹
在洞穴里遇见了生前的足迹

荒废的剧场

你曾上演
或跌宕起伏或缠绵悱恻或催人泪下的剧情
那么多人聚聚散散，来了又去
现在，只剩空舞台
虚位一排排
马路对面，新的剧场拔地而起

阳光正好，普照大地
一群白鸽正停歇在屋顶

你穿着一件爬山虎制成的绿衣裳
宁静而圣洁
风吹过，似乎一无所有
又似乎拥有着一切

爬山虎

喜欢它整片整片无所顾忌的绿
掀起一层层浪
叶片下的爪子彼此抓得那么紧

也喜欢它的凋零
一边觉得已走到了尽头，一边又暗藏生机

甚至喜欢它的废墟
在枯萎的缠绕里，任何清醒都缺乏美学的意义
我更愿意在回忆里删减越墙的枝叶
暗自珍藏一个更加完好的夏天

（以上 6 首选自《诗刊》2021 年 11 月）

苦　瓜

大暑。院子结满了苦瓜
它生来就是苦的
苦才是一生的真谛
可它不觉得苦
瞧，它绿油油的，头戴小黄花

在我家乡，有种吃法
叫苦瓜沾蜜

阳台清晨

洗衣机嘀嘀地鸣叫
提示所有的污渍已经被清除
迎面而来的是一个干净的黎明

我把洗净的
——晾晒。阳光下
白色 T 恤、工勤装、晚礼服、围裙……
各种角色的我
在衣架上随性站着
寒兰刚刚凋谢，百合含苞待放
露珠挂在蓬勃的叶子上

此刻，气温 20 摄氏度
一切平静
可听见不远处白鸽咕咕的叫声
坐在阳台上，我闻见生活
带着洗衣液的芳香

树　下

风在找寻什么
一页一页翻动树叶

荷叶下的小青鱼
逗号般，暂歇在水底

坐在树下，不知不觉睡着了
醒时，鱼儿游出水面
梦里，却已浮沉半生

风依旧，一页一页翻动
它在找寻什么

萌源陶艺

百年龙窑，柴火橘黄
跳跃在老萧褶皱显现的脸上
他传承祖辈把握火的技艺
一次次见证锅碗瓢盆
细密裂纹，碎出幽蓝的前半生
也见证一个个佛头
从烈火中来，走进千家万户
他紧遵祖训，柴火边留个卧铺
给流落异乡的人

暮色渐近，他坐在父亲的板凳上
吸一口爷爷传下的水烟筒
远山，如墨
星光，渐现

宿舍，402

是否有人，像此刻的我
爬上摇摆的梯子
在夜色来临之前
摸索一束光

旧家什被清空
窗台、门板、床铺、柜子……
那么多铁钉，锈迹斑斑
我取下它们，用墙纸贴满
所有曾被扎疼的地方。但我知道
总有些无法覆盖
需要独自面对幽暗

铺好墙纸，小辫子已凌乱
女儿拿着蜡笔在墙上画了个太阳
它，把女儿和我
一下子照亮

小 溪

我见过你，溪畔结出芙蓉花
也见过你，被污水、生活垃圾泼洒
正午，阳光照着
你光亮的部分，在闪耀
开出一朵一朵白
更多的幽暗

藏在与礁石的冲击下

夹岸，景观带的绿植
建筑群向上生长。除了你
一个劲儿向下
绕过无数弯向下
遇石头，推着向下
遇拦水坝，叠罗汉向下
遇悬崖，粉身碎骨向下

你一再把自己放低
似乎只有低成大海的众生
没有了自己
才是此行的目的

（以上 6 首选自《诗刊》2022 年 2 月）

作者简介

　　陈小虾，女，1989 年生，福鼎人。中国作家协会会员。诗歌见《人民文学》《诗刊》《诗潮》《诗探索》《福建文学》等。著有诗集《可遇》。参加《诗刊》第 36 届"青春诗会"，获《诗探索》第 3 届春泥诗歌奖。

林典铇诗选

乡村教书匠

小楷端正，散发墨香
"如晤……"
院子里，老梨树的花
越显孤单，边开边落

小镇上，邮筒的绿漆在微雨中
发亮
村里唯一的教书匠
寄完信，慢慢往回走
途经一条小溪边
抽出随身的竹笛
笛声高过山头，和白云融在一起

小字越来越漂亮
我见过冬夜里，他哈着手
在研墨，又一次写信
至今仍然记得，油灯一豆
竖排的字迹中
有甜蜜又忧伤的味道

小兽的徘徊

石雕里的小兽
在犹豫：爬出来
接受世间的春风吹拂

还是继续在石头上
保持不老，但僵硬的姿势

寺钟传来，晚课开始了
为老去的生命，诵经
念咒

雪松发出新芽
鲜叶的香味，弥漫着

看多了，这世间的生和死
石雕里的小兽，在徘徊
它想走进人间烟火
但害怕爱了，又别离

躲不掉

朝平静的生活，扔一块石子
再扔一块
期待的波澜依然不起
但每一块，都成为路上的绊脚石

新的春天，我开始打探返乡之路
最糟的，有人还在扔石子
每一次，我都躲不掉

江山多娇，哪里是藏身之处
大地即将生机勃勃
即将更加迷幻

又一颗石子飞过来
我忍不住叫起来："我只是一个人间游客"

默　契

我问一声
树林里不知名的鸟
应一下

它无需听懂我的问话
我不必清楚它的回答

尘世中，许多好听话
利箭
一样穿透心灵

我愿意保持对着深邃的林子里
一问一答
我已经和鸟儿们，有了
高于语言的默契

哐当哐当，咿呀咿呀

一桌白发老者，吹拉弹唱
他们是即将消失的乡村艺人
锣鼓响，嗓子开
哐当哐当，咿呀咿呀

旧戏文唱了又唱
个中方正戒律
席中人明白或糊涂
世间客持守或毁犯
宴席散后，各自带回

春风拂面，少了鼓手
立秋那天，少了笛子
村村婚丧少不了
转眼腊八，人们快速习惯
没有一桌白发艺人
哐当哐当，咿呀咿呀

过完年，残留的锣钹和唢呐
偶尔自屋檐下飘出
孤单，甚至凄凉
但听懂，依然一副良药

雪　夜

夜寒，烧水，突然熄火

一锅即将烧开的水，安静下来
这颇像快到终点的运动员
宣布退出比赛，在观众席找了一个位置

我扫视了一圈客厅
看火有没有坐在我的沙发上
没有。这反而让我确信空气中
藏着火，它正在看着
那逐渐凉下来的一壶水

终于领悟，在人间
着了的，是火；熄了的，也会是火

（以上6首选自《诗刊》2022年2月）

日记：我是祖国的花朵

女儿是我的，没想到也是祖国的

一道题得到解答，她兴奋地
写下：一棵草是草原的，小鹿是森林的

我是祖国的花朵
夜深人静，星光在上
祖国的花朵睡在我的身边

辽阔的，东南西北，海洋或者大陆
遨游一遍，一架纸飞机就够了

女儿还那么小，还需要呵护
但她在梦中笑了，我的理解
就是祖国笑了

新年愿望

经过一座坟墓，人间正过春节
那里埋着一家两代的骨灰

我要去不远处的寺庙，菩萨端坐堂上
古稀之年的父亲，走在前头
他停下来等我
我问：依你看，这座坟墓的风水怎样
答曰：左有青龙，右有白虎，但最好的风水是……
父亲顿了顿，没往下说

我们一前一后，路边枯草，用不了多久
又将郁郁葱葱，庙宇飞檐已经隐现
菩萨啊，请赐我一块好地，百年后
野草疯长
我和父亲靠在草根底下

天上的祝福

是这朵梨花在叫我，一场雨后
被打湿的还有苹果树和伏在地上的紫云英
它们都憋着小小的委屈，我多想
和它们一一拥抱，草根家族的爱

鹿一样，有许多无助，但无论浅蓝、淡紫、粉红
哪怕一片叶子一颗芽头，都坚守大地上
最微小的美丽
根在泥土里越来越深，昨夜星星歇在
我的肩膀上，地面的又一个春天将结束
它们带来天上的祝福，这一夜，花谢花落
时光不经意地转出人世间的暗伤
星星集体下凡，绚丽的原野之夜，天上地上的合奏曲
煽情到天亮，这一夜，花谢，花落

上　坡

这一段上坡之旅
是你的虚构
但他毅然离家
朝着乌有的山顶进发

他来自一条巷子的某个屋檐下
一对红灯笼，在摇晃
年味的小兽，刚蹚过村口的小河

你压根来不及修改
只能任由他以假当真
只能眼看他，远离故乡
去寻找故乡

想　飞

燕子昨夜回到故乡的屋檐下

我把一首病诗越改越病

在异乡三十春秋，用十年茹素
母亲又教导我，要吃亏

蓝色的、紫色的小花
在草丛中想飞，雨似乎又要下了

回不到枝干上
每一片落叶都想哭

母亲装作没看见
轻声让我回老家买一块好地

家

晚班结束
顶着一轮明月
走着走着，不知不觉
来到精神病院门口
两个月前
老娘住进这里
每隔几天，我都要过来
徘徊一圈
有几个漆黑的夜晚
我分明看到住着我妈的那座楼顶上
挂着一轮又大又圆的月亮

（以上 6 首选自《芳草》2021 年第 3 期）

作者简介

林典铍，男，1976 年，福鼎人。中国作家协会会员。诗歌见《人民文学》《诗刊》等。出版诗集《慢行》《在人间的春天排队》。参加《诗刊》第 29 届青春诗会，鲁迅文学院第 31 届中青年作家高级研修班学员，获福建省政府第 7 届百花文艺奖。

哈雷诗选

旧报纸

时间贴在墙上，已经斑驳
密密麻麻的文字，像掩护着历史的人群
逐渐撤退。一个年代的印记
在剥脱的碎片中，漏出冷风

老父亲在病中，又将报纸糊上一遍
是今早新鲜发行的晨报
大小合适，内容也不尽相同
这堵墙比任何时候都严丝合缝

椅子背后的阳光，挪了过来
检视着他，一个群众的
真实程度

（选自《星星》2019 年 10 月）

谷　雨

今早的云，像姜黄，多看了它几眼

天，就开始落泪

草木转过河流。闹着，要和恋了一季的春天说分手
一只鸟儿轻啼了一声飞过去，像掉了魂

该回园子里了，种莴苣、葱白、紫贝菜，也把魂收回
埋进泥土里，浇上一桶水

羡慕炳根家豆角长得好，不如去和一只鹰一起蹲下身来
看蚂蚁搬家，再测测明天的天气

明日谷雨，有三候
萍始生，鸣鸠拂其羽，戴胜降于桑

总要有人给天擦擦镜子
总要有人对地指指点点

过去我是将书本当地耕作
而今我是将地当书本耕作

（选自《星星》2020 年 3 月）

宣纸上的诗句

我可以用最古老的水墨
在宣纸上，寻找汉唐月明中那古典的云水
写最古老的诗句

其实我是一直躲在旧时光里的
一滴墨迹，偶尔淡出
想和这个时代交换生辰八字

我新鲜的晚年，留一段纸上飞行史
无需裱褙，生命在世界的阴影背后变得完整
它的美，秘不可宣

安全帽

八月的阳光砸下来
是沉重的，打夯机是沉重的
脖梗上滴落的汗水是沉重的
新建地铁口，那些南腔北调的吆喝声
高架桥上高高的塔吊
举起午后的沉重，让城市去背负
空调是沉重的，写字楼前欢迎词是沉重的
领导来指导的工作是沉重的
工期越来越近，赶工的人是沉重的

落在外来工身上的八月阳光
都卷成了汗水
他们眼里的未来是沉重的……

离弃村落的人，没有月光
窝棚里酣睡片刻，睁开双眼
安全帽是沉重的，扣在他们的头上
他们的热血是沉重的

叹　天

突如其来又一场大雨，扑向沉默的火焰
我的家园，一些事物遭暴打，更多事物遭清洗
剩下蜈蚣草和凤尾蕨在凉台兀自释放

天空无力描述荒诞的语辞。它出售乌云，压低
阳光的价码，把冰雹当骰子抛向大地
水流湍急，赶去赌一场人或为鱼鳖的游戏

挖野菜的少女一次次弯下腰
又一次次抬起了头，擦脸上的雨水，叹着天
手上握紧了那把刀铲，也握紧了七月

（以上 3 首选自《诗刊》2020 年 3 月）

与海书

我终于和大海消弭了代沟
月光蹚过海水
还带上贝壳的歌声
来看我。我站着的地方
树木下的根还未舍弃泥土的纠缠
花草中掩藏不住人际的慌乱
那有什么关系呢？只要海
将我展开如一面旗帜
给我一座白帆照耀的小岛

辽阔而悲伤。哦，我成了它们的居民
我有湛蓝的护照和水手证
我的骨头如锚
沉淀于海的深处
群鱼蹚过月光来看我
贝壳露出牙齿，谈起大海的
族谱和歌谣

夏　天

在你的下游
水流不止的地方
夏草蓬勃

一棵弹向天空的树
吐出灰云，在糜烂和腐朽中
落下闪电和雷鸣

我在黑暗中赶路
怀抱不为人知的念头
和卑微的勇气

我触摸你的流水
你护住我的火焰
灵魂比身体，更早飞出来

河流和夜色

夜把河流推向了远方

灯火是漂流的花瓣

是虚空的舌头

正与经验的河流交谈：明和灭

开和落，生和死

水云间有着

怎样的轮回

我们曾有着怎样的迷失

和惜别。流水迟缓

水中有你放生的红鱼

水面有你抛弃的花瓣

水里也有火焰

有未愈合的创伤……

流水潜在夜里

吹皱了古老的琴声

一株带我修行的橘子

我用了很大的耐心

读完自己一首诗

像赶往，某个落日下寺院的密室

取回一束光线

我那年久失修的门窗里

必须装饰一些月光

和酒，以及书信

有时候就剪下几枝马蹄莲

插在诗集边上的花瓶中

有时将一盆鸢尾花

摆入茶室

去面对不可言喻的终极之诗

只有这株无核蜜橘

十个月我无所事事地望着它

从青绿

转为橘红

（以上 4 首选自《福建日报》2022 年 8 月 7 日）

草木为家

家有草木，有垂入黄昏一角的瓜果

一只菜蝶在豌豆花前炫技

恋人的影子闪闪烁烁

飞来一只信天翁，有点陌生

这里不是海

是靠近海的天然居

明月弄弯了你的眉目

天涯拉长了我的前庭

时光漏不进来，看不到，日日花红

秋　分

太阳在地平线上行走的样子

就是秋分的样子
是农人将稻穗举在额前的样子

一年的盼望，汗水在春天和夏天都是咸的
而秋分到来时，他们在田野上
播洒的汗水是甘甜的

有稻谷的清香，果汁弹出的味道

收获的喜悦，对土地满心感动的泪光
秋分，在打赏着埋头苦干的人

（以上 2 首选自《福建日报》2020 年 11 月 24 日）

哈雷，本名蒋庆丰，男，1958 年生，周宁人。中国作家协会会员，福建省文联全委会委员。诗歌见《诗刊》《星星》《福建文学》，著有诗文集《阳光标志》《白色情绪》《都市彩色风》《平常心》等 13 部。参加《诗刊》第 6 届"青春回眸"诗会。曾担任闽东青年诗歌协会会长，并创办诗歌刊物《三角帆》。

俞昌雄诗选

西洋岛三章

只有在西洋岛才能看到霞浦的
第二副投影，这被我们称作故乡的
地方，晨雾中的渔人忽隐忽现
每一座岛屿都将记住他们的脸庞
当海神戏剧般留下寂静
而更远的远方，他们消失了的亲人
正以波浪的方式回归海岸

——题记

1

雾爬升，整座海域开始折叠
微微露出尖端的岛屿只停留片刻
它的下面，鱼群在追赶天堂
偶尔透出的那一束光
让我看不见大海，像蒙着脸的
朝圣者，等待牵引
在渺小的肉体与伟大的心跳之间

峭壁上的风再一次扑空

赶海的渔人在更深处
他们有梦，他们学旋涡的样子
在所有被称为水滴的投影中摸索

这是西洋岛，雾从身体里散开
我是另一张下沉的网帘

命运的重量全在水里，带着
绝美的弧线，变轻，轻是剥了壳的
哲学，如海的肌肤
一双孤儿的手在那瞬间想握住的
恰恰是它托起一切的蓝

2
所有的船只都含着饥饿的光
那盘旋中的鸥鸟忽上忽下
大海的路径，最终要低于新长的鳍

那是金鲳，在更为隐秘的暗流中
潜行。阴冷，宽阔，无边无际
也像人世，汇聚的水与失散的水
游成一座迷宫，同时
它也在自身的肉体上敞开一片黑洞

多么惊险的方式！无人知晓
每一个日子都藏着这样的补丁
掀开它，一夜不够，一世也不够
因为一旦裸露，便是那向死而生的人

这是西洋岛，我如此渴望
那打进身体的波浪，我如此期待
它将回归，如渔人跪落起伏的故乡

3
岸边的亲人呐，请不要追踪
不论春夏秋冬海神都以他自己的
方式，给予庇护，哪怕是岛屿
哪怕有过战栗，而后露出明亮的瞳孔

起伏果然是一种天性
进退也是，前者比起飞前的蛹
来得更为泰然，而后者
接近于埋葬或滋养，那是海的传记
我为它划下暮色，它却视作晨曦

渔人从不管这些，他们吞下的海
都在陆地更远的地方发出轰鸣
他们活着的日子，都隐着巨大的投影

在这古老而磅礴的西洋岛
生活从来不需要模型，那空气中的
腥味，比一整座大海还要真实
那大海中扬起的片片帆影
比所有身体中的骨头还要坚挺
我能说些什么，我也不敢说些什么

蝴蝶中的蝴蝶

你是一列火车，穿过黑暗中的

隧道。四野的树只在
那样的时刻，萌发新芽

教堂顶端的鸽子雨水般
停顿，整座城市宛如一件
空心的器皿，而我走在路上
人群仅是一堆失去发音的字眼

你是薄纸上深陷的星辰
黑夜是散落的花朵，它们谦卑
几乎代替你耗尽了光华

多么隐晦的季节呵
雪线之上的迷宫，芳香是杀手
那躲于烛火下歌唱的人
身体一次次燃烧，心如灰雀

你是羽毛里逃逸的飞翔
喘着气，如云朵卸下的密语
一寸寸显现，托着三月的反光

令人倍感伤心的是——
我无法成为蝴蝶中的蝴蝶
春天原本就是囚徒
你高高在上，我却触手不及

（以上 2 首选自《诗刊》2019 年 10 月）

我和苦荷

它们卷曲，正是那脱身的人
一整片凋零的苦荷，看上去如此相似
你们当中没有人会想到
此前，它们绽放，即便在夜里
亦是满身星斗，闪耀着
从大地深处凝集而来的光泽
我甚至梦见过它们，梦见衰老时的我
我的仆从，一个个从雾中走来
和你们一样，他们面对人生的样子
恬静却饱含无奈，像荒野里
死守秋天的这片苦荷
它们紧缩，变矮，几乎用尽了
最后一丝力气。我，一个睁眼的人
却找不到这当中离场的方式
每当雨点降落，总有枯干的叶子
滑下枝干，比风轻，比我
留在人群中的气味来得更为决绝
可是，我却无法卸除这副肉身
如同苦荷迷恋过的那潭死水
无法抹掉自身的波澜
你们一言不发，那在秋风里闪烁的
脸孔，像极了水面上时不时
鼓起的气泡，我能说些什么呢
它们曾经证实了
谁都可以在水流下面遇见
隐匿的春光，那不紧不慢的花蕊的

梦想，这一片苦荷
即将卧进渊底，如同我即将剥离
苦难，这神圣的一刻
我只想倾听，那来自远方的告别
和这近在咫尺的生命的余音

蜂鸟即是故国

我是那个天真的诗人
一个接受迷惑，但又渴求真理的人
一个被众多梦幻包裹着的精灵
我住在词语的高空
活在万物纵横交错的间隙里

我踩着词语伸出的滑板
每当滑板下的云层加速飘移
我就把祝福送回人间，你们当中
任何一个人都可以平起平坐
不惧怕威胁，也不轻易让皮壳腐朽

每一寸土地都留有福音
每一片疆域，盛大如前朝秘境
这是我为你们准备的序幕
蜂鸟即是故国，天堂小于露水
你们由此通晓万物的律令

我在茫茫的夜空里看到了你们
有时像草芥，时而亮过星辰
每当我闭眼的那一刻

万物会听到你们的歌唱，而深渊里
总会走来我那成群结队的天使

楚雨的画

从她身上掉下来的坏天气
现在被安在画布上，那浓重的墨
掩着隔墙的耳，雨在深浅不一的线条里
爬行，她假装没看见
她一直这样，顺从于天光
仿佛那样的日子终归有出口
即便开出的缝隙如游蚕，即便身体里的
月色，已被晚风吹进一双偷窥的眼
她依旧我行我素，重叠，变形
甚至是逃逸，只留下不规则的剪影
密林中的松鼠就是这样
这一枝到那一枝，低处到高处
它们毫不费力，深海里的金鲳也是
如果所谓的宽度和深度仅仅意味着沉潜
那么她的笔端肯定蜷伏着巨兽
而作为主人，她仍小心翼翼
她是那个早已得到警示的人
把墨泼在画布上就等同于把无数个自己
领进万物当中，她比他者出色的是
她早有准备，她为坏天气预留了
一卷窗帘、一面镜子、一盏明灯
她是敞亮的却也是未知的，她是单数
同时也是复数，就比如此刻
她行踪未卜，而旧作上的一处色块已翻过

昨日，从我眼中取走了它自身的重量

（以上 3 首选自《草堂》2018 年第 3 期）

孔　雀

即便回到山下，森林依旧落不下来
黑漆漆的树是那黑暗的骨头
来自夜里的孔雀的叫声
让一些人睡去，也让一些人醒着
水松、阴香、石栗、人面子
这些都忽略不计，也无可救药
哪怕银桦支撑着虚假的梦境
而玉堂春藏于深处
这使血肉变得可以发光的物种
它是孔雀瞳孔里仅有的
知己。那曾经前来围观的人
要蓝冠，要腹羽，甚至索求
第一百零一次开屏
可是，惊艳之物总有飞翔的心脏
从山下到山上，从人世到秘境
这当中有屋脊有灯盏有群峰有幽泉
所谓的夜晚从未打开也从未
关闭，那巨大的铁丝网
拦得住孔雀，却拦不住它的叫声
正如同每一个心存万象的人
惊异于玉堂春的丑陋，却从未拒绝
它的美名，它那盘旋谷涧的根系

世间的鸟只飞过一遍
大地上的树也只枯死一回
那曾经前来围观的人
表面手舞足蹈，内心却暗自恐慌
孔雀啊孔雀，它就在眼前
步履优雅，身形泰然，每一次转身
风会失去面具
而那游移于树梢尖的云朵
它将喊回沉睡于夜晚的精灵
为此，我多想告诫世人
娘胎里生下来的娃，会哭会笑
他们死后也仅是一具腐尸
而石头里长出来的翅膀
飞高或飞低，它们消失前
每一根羽毛却都携带着大地的重量

四月或暴雨

四月的最后一天，南方暴雨
九只鸽子困在空中，城市是巨大的
河床，每一颗心脏都是浮标

满城的杧果树如此摇晃
只有在闪电中，它们才互相指认
亲密如人群里奔跑的异形

浑浊的水流终于找到了我们
浑浊的水流让每个人都惊恐不安
浑浊的水流促使我们腐朽

四月的最后一天，我无比悲伤
我为暴雨写下澄明的诗，它却狂乱
无序，沉迷于人群中虚假的骨头

天使草

其实，我并没有见过它
就像某个下着雨的黄昏我突然间
看不见自己。可是，现在
我写下它，要它从我身体的内部往外长
一棵草；要长成天使般的模样
那该有多难？我不停地摸着这副身体
肯定有一个地方被我遗忘
肯定有一位天使到过那里
额顶，肋下，或是肚脐眼深陷的
秘不示人的黑洞中
事实是，我如此强烈地感觉到
一棵草，从我的骨骼深处
得到了旷野，以你们不易察觉的方式
立于风中，它未曾理解自己的存在
就如同我未曾理解鲸鱼眼中的海
钟表匠手里的时间，以及
虚妄的春光和那冬日里忏悔的人
一棵草，就是在那样的时刻
把我瓦解，孤单如石粒，盛大如幻境
其实，我并没有得到垂怜
天使也从不尖叫，你们蓄谋已久的复生
比冰面上爬行的钓钩来得

更为艰难，比日晷上的阴影沉重

比碳黑，比一整个黄昏的雨显得更为苍白

一棵草究竟能长成什么样子

我无法回答，任凭它浸在旷野里

就像干涸的河床高悬于绝望的雪中

（以上 3 首选自《星星》2019 年 1 月）

作者简介

　　俞昌雄，男，1972 年生，霞浦人。福建省作家协会会员。诗歌见《人民文学》《诗刊》《十月》《新华文摘》等。部分诗歌被翻译成英文、瑞典文、阿拉伯文等介绍到国外。参加《诗刊》第 26 届青春诗会，获井秋峰短诗奖、中国红高粱诗歌奖、徐志摩微诗奖、延安文学奖等多种奖项。

闻小泾诗选

阳台上的花草

阳台上的花草，我叫不出它们的名字
我知道，阳光比我更熟悉它们
熟悉它们的，还有那几只蜜蜂
或者来来去去的那只我没有看见过的小鸟
我上班时它肯定频频地光临，它们之间
说了些什么，我没有听懂。有时雨点
也常常垂临，那是上帝派来的
神秘使者，为着采集万物生长的信息
当我握着龙舌兰的脊背细细抚摸，我听见
她的底部在止不住地颤抖；对于海棠
我的手指就有些羞涩。暮色来临时，我会把
清水和灯光一起灌进陶盆
等待着翌日清晨它们的亲情话语

（选自《诗刊》2022 年 10 月）

老人和晚年

一棵树下他站了很久，看太阳从树梢出来
将他的眉睫照亮
嗡嗡的光线使他想起失散的日子
这个世纪为什么总有
那么多的行人来往匆匆融入苍茫呢

他想他在这荒野上
也许寻找不到什么了，而凌厉的西北风
会把他变成一座雕像；所有的渴求
将被封闭在眼孔里
一道清泉从掌心流出，再也泛滥不成一个世界

他默默的转回头，一声尖利的呼叫
使他猝然倒地
而那棵树仍挺立着，阴影爬过来
覆盖了蕴藏思想的前额
头上的乱发突然青翠，像草一般
缘着天空

下　午

阳光在割过茬的田野上发绿
拾穗的孩子
向村庄的另一个方向去了
牛羊的哞叫声贩给了天空
葡萄藤勾曲的云朵

在家家门前放置的水缸上抒情
空气使人梦回十八世纪的法国
织网袋的妇女从门坎上
起身向一棵棵柳荫里的鸭子
鹅卵石间嬉逐着丈夫的秘密
青草园里涂了白垩灰的土墙
因了阳光把心事扩散成一圈圈池影

（以上 2 首选自《诗选刊》2022 年第 10 期）

门前的海

门前一湾海水，横无际涯
我曾驾着摩托艇
在它上面行走，飞起的浪花
溅湿了裤脚
海水有时是蓝的，有时很浑浊
水上有一些岛屿
磊磊的石头，像从天外飞来
我曾在其中钻迷宫似的，在石头缝中
钻进钻出。这些年来，有一些人
在上面搭起了木屋
在水里养鱼，有黄鱼、真鲷、春子鱼等
最怕的是台风来临
这些渔排受到了考验，我们也
受到了考验，几万吨的海水
直立起来，向岸上扑来
好在我离它比较远，有逃生的机会

夜里，蓝星点点，那是海上
捕鱼的灯光，一直亮到很晚
直到我们睡去

西　山

西山一片苍茫。山里藏着
一个公园
叫南际公园。山里还藏着一条
古道，叫白鹤岭古官道
山里还藏着一个公园，叫继光公园
这些地方我都去过
瀑布淋漓，岩穴累累
山里还藏着一些长尾鸟，不时
向我的小区飞来
颜色斑斓，煞是可爱
山里还藏着一些雨，一到雨天
就飞到我的楼顶
我一有空时，就会到西山行足
但我找不到鸟和雨的踪影
只见到几竿翠竹
煞有介事地立在路边，向我们展示
挺立的空虚之美

（以上 2 首选自《星星》2021 年 12 月）

夜宿山庄

匆匆而来的一路尘埃，卸了下来
在清粼粼的水里
恢复原来的肉身；夜里，只搂着
一滴水入眠，水里有我
前尘的斑斓

第二天，留一山坳的阳光，与
葳蕤的树木，细细交谈。我只携着岩罅下
涓涓而出的泉流，上路
你会听见，它们在我的骨子里
欢腾地荡漾

祝　福

夕阳，在两座山峰之间被
缓慢锤击
喷溅的火星，落在天幕上
灼出黑黝黝的洞
洞里泻出的光，布满了整个空间
让人以为，是上帝的作品
我从屋檐下抬头，只领略了
一缕，我已心满意足
更多的火星，让渡给你们——这些同样
仰望着苍穹的小草，你们的闪耀
或者飞翔，也是我
祝福的事情

黄　昏

黄昏在一片雨雾中来临。它的淋湿的翅膀
在半空中闪耀
它带来了新的秩序：那些高耸的事物
瞬间低矮了下来
而那些匍匐的人们
却在大街上拖出长长的影子。它告诉人们
只有低伏着地面，才是最坚实的
如果有尖锐的耳朵
你会听见一阵音乐声自黄昏的翅膀下降临——那是它
带给人们的橘色的祈祷
直到第二天凌晨
它被垃圾车推走，大多数的人们
仅完成了一个并不完整的梦

青山祭

寻找一处青山，小小的一抔土壤，把
自己放进去，这是父亲生前
一直努力的事

如今，他躲在里面，久久地不出来，我不知道
里面有怎样的欢愉，让他迷恋
以至于此

从前是一方的水田，如今是几亩的桃花
有三株，还剩下一些花瓣

垂落在薄光里

远处，还是无情的青山，罩着一层濛濛的雾
似乎人间的衰老、疼痛
与它完全无关——

但它却敞开一个小小的口
要么进去，要么出来，只给一秒钟

想做一回村长

想做一回村长
手下有各种颜色的村民
他们种蔬菜
集雨水
吊一只桶在深井里，一直没有拉回
他们把生活，腐殖为
一堆堆的颜料
眨眼之间，又变幻出一粒粒的葡萄
和花蕾。他们不知道
省长是谁，只记得
我的咳嗽。在一碗酒里
他们把乡情酿得
很浓，小小的胸腔
注满自己的欢乐
死要死在村里，因为你
会带走一大片的唢呐声，和
一堆云朵
炊烟之下，移动的

都是我的村民

溪　中

门前的一溪水！一只鱼在
水里，把自己游得
越来越透明。有时她漂向水面
啜饮一口天空，又紧张地
潜入水底。水底的那一块石头，像老僧似的
淡定，任鱼儿在浑身爬上爬下，但一缕战栗
却通过水面，漾起了一圈圈的波纹

深山古祠

说是为了怀念一个古人
一个面孔已被风雨蛀成空洞的古人
这座古祠隐落于深山里
底下是流向远天的潺流的小溪
人峭立于溪上作猿猴一般啼啸
当然唤不回几个世纪前的某场意境
荷锄以及挑着粪桶的农夫
从祠前走过
并不向倾圮的墙垣多关注几眼
许多的传说都已被水漂走
漂成海边若隐若现的一座座小岛
墙上壁画和题诗依旧
依旧以无声的语言响彻空山滴雨
只是每次夜来时梦的泛滥
都有木筏从天庭咿呀而出

若远古的方舟
载满青山绿水间的全部消息

（以上 7 首选自《灯盏——2020 年中国作家网"文学之星"作品选》，作家出版社 2021 年出版）

作 者 简 介

　　闻小泾，本名刘少辉，男，1959 年生，福安人。中国作家协会会员。作品见《诗刊》《诗选刊》《中国诗歌》《诗潮》等。著有诗集《听蝉》《空网蝉》及《晌午的印象》（合集）。获《福建日报》征文奖、福建省优秀文学作品奖。作品入选国内多种选本。

谢宜兴诗选

海神的后花园

相信大海有神，海中也有花木
我家乡的东吾洋和官井洋就是
海神的后花园。那个叫东冲口的
窄门，便通向神的宫殿
神嘱咐守门人，性格乖张的飓风巨浪
拒绝入内，柔风微澜任意来往
有幸生长在两洋岸边的我的父老乡亲
是神选定的这花园的园丁
这里的花木一律按海国的命名
菊花叫海葵，仙人球叫海胆
蒲公英叫水母或海蜇，合欢叫海蚌
海鸥是空中飘过的杨花柳絮
官井黄花是神钟爱的黄牡丹
小时候我坐在东吾洋岸边看双桅船
列队满帆向南去，不知道那是
一群海蝴蝶，飞过神的午后的花园

遇见湖林

云在天边集合，风推动着由远而近
风尘仆仆的人下车步行，湖林的美把他震惊

小桥和流水恍若百年前模样，桥上的花裙子
被摄入寂静，正午的蝉声成为背景

源头里的菜园子，藤架上挂着葫芦青瓜
微风信步，穿过不见日影的竹林

好一处方外之地，茶山的波涛把目光濯洗
你忘了这世上还有污染和汹涌的疫情

你使劲地看，想把这连绵起伏的绿拓回去
却见自己反被这绿锁定，捧在掌心

湖林是一株老茶，一叶叶春天重生
人到湖林便是茶客，山中的日子茶香鼎兴

渔　模

这些流光烁影的魔性滩涂
和那些追光逐影的小鳞翅
催生了这份仿真的职业和成就感
克隆乐此不疲，假得无比真实

撒网，收网，扳罾，推罾

甚至蹬着滑板，扮成讨海的样子
我小时候多么熟悉的那份艰辛
被如此欢快地摹仿和演绎

脸上微笑替代了眼中苦涩
生存的沉重被轻轻扬起
镜头中粼粼波光点点水花，有谁
还记得那背上的溪流额上的雨

风浪中的劳作，嬉戏式再现
出于对一种已然消失的生产方式
缅怀与致敬，还是老渔具
为老渔业的旧词填上新曲

（以上 3 首选自《诗刊》2022 年 10 月）

最美日出

而今，都知道最美的一轮红日
是从这里的海平面升起
那些守候的镜头，像等待
一场即将召开的盛大的记者会

没有人在意黎明前的蛰伏
从晨光熹微到喷薄而出的壮怀激烈
无垠的天空，多么辽阔的舞台
一个思想者独步理想国

仿佛一辆黄金的车辇从天庭驰过
耀眼的光芒溅起一路惊呼
日出东方，从不缺少仰望者
江山如画，是谁一卷在握

下党红了

一路红灯笼领你进村，下党红了
像柑橘柿树，也点亮难忘的灯盏

公路仍多弯，但已非羊肠小道
再也不用拄着木棍越岭翻山

有故事的鸾峰廊桥不时翻晒往事
清澈的修竹溪已在此卸下清寒

蓝天下林地茶园错落成生态美景
茶香和着桂花香在空气中漫漾

虹吸金秋的暖阳，曾经贫血的
党川古村，血脉贲张满面红光

在下党天低下来炊烟高了，你想
小村与大国有一样的起伏悲欢

车窗外的霍童溪

一袭曳地长裙，掩不住的冰肌玉骨
叫蓝天自愿低下来，把你仰视

即使山风也袅娜不过你流水的腰肢
对这世界有无端的错误，你的眸子

这未曾公开发表的一行纯净的诗
谁翻开了，都读到大地的福祉

居住的地方有这样一条流水就够了
哪怕像一株水草，曾经为她迷失

多少不可复制的珍品像风华绝代的
女子，我们的亲近是梦想的奢侈

隔着车窗怅怅地看你，霍童溪
你会擦去我的足迹我会把你烙在心底

夕阳下的三都澳

只一瞬间，三都澳亮起来
夕阳像橘红的颜料泼洒在它身上
又像天主教堂里飘出的琴声
一种暖意在凝视的眼里流淌

云絮还是百年前的样子，衬出
海天的湛蓝。修道院和福海关的
墙上，斑驳着荣辱与沧桑
造访者心上有岁月的痂痕

这湖一样深沉宽容的水域

仿佛掠夺与残杀在这里从未发生
海岸边两行蹒跚的脚印
水面上一座摇曳的渔城

可是谁忍不住说出了观感
假如不是百年前的对外通商口岸
假如不是半个世纪多的军港
今天的三都澳会是哪般模样

仙蒲歌

车窗外，漫山清绿
我的目光与肺腑被一洗再洗
群山环护的净土，不容世外污浊

似一个沉睡的细胞，静卧
在大脑沟回似的山峦中，仙蒲
把你唤醒的人，我说残忍

可我也想残忍一回，依山筑庐
共享一段无论魏晋的日子
闲坐庭前，把满山清明写入画图

一条溪蹒跚独行穿村而过
偏爱那份寂寞的骄傲，旁若无人
流入我心，不染纤尘

水中蓝天也像溪流洗过
云絮一动不动如山中岁月凝止

丁步上的人一抬脚就跨进白云深处

崀山灵雾

仿佛这场雾是我预订的
当我把烈日下的大天湖和白茶园留在身后
神已在山顶为我们搭起了纱帐
叫阳光像侍从在对面山坡守候

也许是山崖下有一台巨大的空调机
习习凉风拧小了裸岩心头的焦躁
坐在崖边凝望小天湖若隐若现
绿腰的草坡波浪般在风中舞蹈

那一刻我相信崖边有无数云梯
流岚像万千攻城者鱼贯而上争先恐后
草场是自愿失守的城堡，浓雾划出警戒区
保护草木的隐私驱逐贪婪的镜头

大自然的美拒绝饕餮，崀山的雾
是一次重游之约也是一种阻止和劝导

官井渔火

把一盏"风不动"挂在船头
把一张小网缯系在舷边
你抬眼看看暮夜的官井
坐下来把烟丝卷成纸烟

你知道渔火不仅仅照捕

它是渔村与夜海的期待与风景

就像航灯不仅仅指示航向

它给夜航人以希望和温馨

无月的夜海是黛色的草原

渔火是一只只小小的流萤

官井洋黄金发酵的时候

它也只佩带这些未打磨的星星

可就在渔火明灭之间

海面上浮出个岛屿灯火通明

我担心哪一天那口井枯竭

这海域是不是还叫人倾心

今天的水上村庄彻夜不眠

可我怀念渔火朦胧的宁静

其实渔灯就是一种憧憬

它代表了人生的一段心情

（以上 7 首选自《诗刊》2019 年 4 月）

登陈子昂读书台眺望涪江有感

不息奔流的涪江之于金华山

就像流逝的时间和消失的大唐之于陈子昂

握剑的手捧起书卷时，陈子昂意识不到

自己增加了金华山的高度，而翻过的书山
反过来也改写和垫高了他的人生

怀才不遇时剑走偏锋，千金摔琴名动京华
人们远没想到，摔琴的陈子昂却也是
被武周朝摔碎的一把大唐名琴

圣历年的射洪县令不知道
自己制造了初唐文学天空中的一次日全食
可在被冤狱囚禁的陈子昂眼里

人在天地间，不过是置身于更广袤的囚室
曾为那份旷世的孤独，而怆然涕下

（选自《诗刊》2022 年 4 月）

绿色城堡

在村庄和海岸之间
是你们坚强正义的臂弯
呵护温暖了小村不眠的
油灯，犬吠
今夜千里之外我依然听到
你们梦幻的摇篮曲
风平浪静，风平浪静

而一夜风沙只有你们知道
那是怎样的一种厮拼

抵足相守把滩沙攥成沃土
任阔叶风衣撕裂万缕千丝
每看见父亲掌上十座小山
总难忘你们粗糙细瘦的指节

我回家时候台风已远
不忍捡拾你们被摧折的心愿
作为刚直与忠诚的形象
在海边，在乔木的家族中
谁能替代你们的位置
为留住我亲人眼中的清溪白云
终老沙丘你们没有离去

家乡的土地上
正因有这样一道散发体温的
绿色城堡，抗御海洋的暴虐
抵挡四时的伤害
离家后对善良的父母兄弟
我才少一份牵系

栖居东湖

回到东湖，我已飞越万水千山
仰望或俯视，幸福有着不一样的意涵
仅仅有一所房子是不够的
即使面朝大海，春暖花开

只有心依恋的地方才叫家
每个飞翔的生命必有一方缘定的山水

它们有相互开启的密钥
最隐秘的敞开才有最深入的抵达

第一次随海鸥翔游至此
东湖，只是陌生而荒凉的异乡
虽然夜栖的湖岸，水中月
让练翅的我有了投入的冲动与向往

而今重返，我的左翅沾满了风雪
我的右翅披散着霞光
浸沐在东湖的秋波中，才知道
千万里寻找的密钥年少时曾经错过

就此卸下看不见的脚环
且将梦中的五美庐在湖边孵化
往后你看见苍鹭在东湖上敛起翅羽
便是我远离江湖回到了内心

（以上 2 首选自《光明日报》2019 年 6 月 21 日）

花　语

花本身就是一种语言，都说
黑色曼陀罗是绝望而孤独的爱
白日菊意味着永失所爱
栀子花代表守候不放弃
双瓣翠菊说我与你共享悲哀
其实，花什么也没有说

当它被放在郑州地铁五号线出站口
它还能说什么呢
沉默是另一场没有出口的洪水
当黄色的围挡被移开
那涌入地铁的水终于从献花人
眼里，瞬间漫了出来

一路向北

从西双版纳启程，一群野生亚洲象
一路北上，有着不管不顾的象脾气
它们能被劝返吗？如果有人懂得象语

为什么向北而去？最后将去往哪里
觅食？迷路？迁徙？众说纷纭
会不会是预感到什么呢？逃，即是避

仿佛看见未来，失去故土的我们自己
也一样被围观。谜似的离开现址
或为消失的家园，开始一场寻根之旅

一个从时间深处走来的幻象部落
血液中藏有隐秘的道路，听从神示
游走在原本属于自己的国度里

世间有多少自以为是？"意"在"象"后
从来沉默不语。皮影戏还在上演
如我者盲人们，把大象又摸了一次

(以上 2 首选自《福建文学》2022 年第 7 期)

硅化木

那时想象你的北国校园

情如初雪，一星温暖就被融化

雪地里是哪一只邮筒，吐纳

和见证了不谙世事的青涩和热血

我在遥远而寂寞的南方小镇

每日盼望着邮差到来

那些候鸟留下的雪泥鸿爪

嵌入我青春的孤独忧郁与彷徨

这个城市因你不再是冰冷的地名

是我留在岁月深处的一缕念想

多年后我来到你的校园

可这里已找不到任何邮筒

只见楼前一尊硅化木，如旧简

来自于六千万年前的古新世

(选自《扬子江诗刊》2022年第5期)

作者简介

　　谢宜兴，男，1965年生，霞浦人。中国作家协会会员，福建省作家协会主席团委员。著有诗集《留在村庄的名字》《银花》《呼吸》《梦游》《向内的疼痛》。诗集《宁德诗篇》入选2020年中国作家协会重点作品扶持项目。先后获福建省政府百花文艺奖一等奖、福建省优秀文学作品奖一等奖、《星星》1992—1994"沃野杯"全国征文一等奖、《福建文学》2000—2001年度优秀作品奖、《诗刊》"我为新中国献首诗"全国征文一等奖、中国诗歌网2019—2020年度"十佳诗人"、《诗刊》脱贫攻坚特别诗歌奖。

中坚

王祥康诗选

登长城

腿软的时候有骨头支撑

口渴的时候北风喂我

在心里

一些人成为砖头

一些人变成了泥土

还有一些人被风吹走

有人忍住了伤口的痛

伤疤难以遮掩

有人依然在嚎叫　怒吼　以血还血

有人笑笑而过

闪电被云彩带走

我是风尘仆仆的人

心里有汪洋　眼里有盐分

长城还在蜿蜒

走失的马匹或者骆驼

它们都死在路上

没有墓碑　但灵魂看着我

一步一步在艰难地攀登

天空高远　影子被谁带进了历史

（选自《长城组歌·诗歌集》，北京时代华文书局 2020 年出版）

去往山冈的人

一步三回头　为尘世
他气喘吁吁　山岭有些陡
但他不会停下脚步
他要到高高的山冈
听懂鸟声　与风对歌

那个慢慢向上的人是我的亲人
他已没入云端
青石上留着脚印
春天过去很久　一些花朵也已凋零
我的鼻翼依然萦绕着香气
像在梦境　云端之上
他眼里的光被星星借走

去往山冈的人　身体越来越轻
我在山下一边守住他的影子
一边抬头望向半空
那一朵火烧云好像是他
灵魂长出的翅膀

（选自《中国年度优秀诗歌 2021 卷》，新华出版社 2022 年出版）

手持火把的人

必须让风推着走

这个午夜　他的道路被火把延长

他的道路直接通向

石头的内部

有时加快步伐　有时停滞不前

他不会回头　不会用自己的眼睛

打量走过的路

小时候听说的鬼　一直跟在背后

这是折磨　多少年了

他感觉自己的背影压着自己的呼吸

火把当成救星　越握越紧

手心出汗　换一边手

顺便自言自语

问风　有另一个世界吗

他多么希望自己能突然转过身

(选自《中国 2019 年度诗歌精选》，四川人民出版社 2020 年出版)

风吹进骨缝

风要去的地方其实很窄

巷口有人在等　颤颤巍巍的

风回过头　我的骨缝

被它轻易地占领

风寒　风湿病　痛风
身体里的小虫一天天养大
风吹来
广阔的世界在打转

满眼落叶　隐隐作痛
善于走路的苦行僧　弯下腰
谁看到落日　看到僧袍里
虚无的年轮
谁就能送走这一阵风
风还在吹
广阔的世界依然打转

是一种程序　也是一种仪式

我静静听着　骨缝中
风与谁拉锯　声音空旷柔韧持久
回过头
等风的人已被风带走

(选自《中国年度优秀诗歌 2018 卷》，新华出版社 2019 年出版)

在百丈岩上看香水海

这么多的小岛
像星星　一颗又一颗的眼睛
正在发着有香味的故事
安安静静的水　深深的水

被一艘小船叫醒

波浪泛起想看见谁

叫醒自然的人都是勇往直前的人

博大的胸怀才有香味

人生也一样　叫醒灵魂

就还原了爱

站在高高的百丈岩上

看见被大坝围起来的水库

看见被称作香水海的水

更远处是虎贝镇

人头攒动　安居乐业的地方

现在我想问问水库

是发电　带给人间光明

还是饮用　给生命以营养

我宁愿相信

是九具追求真理的年轻生命

共同跳崖　石头有了回响

石头溅起了浪花

浪花激荡了八十多年

成了海　海水泛起了香味

那都是九具骨头的香气

走下百丈岩　在半山腰的石缝中

一块无字碑前插着几炷

正在燃着的香　烟袅袅升腾

像是在召唤壮士的灵魂

我更相信　星星

一直悬在阳光的背面

专注　热切　默默不语

（选自《福建文学》2021 年第 8 期）

火车就要开了

依然站在原地　左顾右盼
简单的行李从左手换到右手
"你还没为春天打下欠条"
一阵风扑进怀里
顺带卷起一张纸　皱巴巴的
担心它就是到达下一站的车票
接车的那个人在吗

火车就要开走了
一些走失多年的东西似乎聚拢过来
行李越来越沉　从右手再到左手
他的眼睛越发迷茫
像在推测下一个春天的模样

火车也在犹豫不决
站台上所有的脚步犹豫不决

（选自《台港文学选刊》2022 年第 6 期）

作 者 简 介

　　王祥康，男，1964 年生，福鼎人。福建省作家协会会员，宁德市作家协会副主席，福鼎市作家协会主席。诗歌见《诗刊》《星星》《福建文学》等。著有诗集《夜风铃》《纸上家园》。获第 2 届"诗探索·春泥诗歌奖"提名奖，福建省第 29 届优秀文学作品奖暨第 11 届陈明玉文学奖，福建省"寻韵·中国茶都"全国有奖征文大赛一等奖，福建省委宣传部、省文联主办的"福在八闽"全国征文活动三等奖等。创办《绿雪芽》《太姥诗报》等报刊。

叶林诗选

一封书信

见字如面：说说别后
陌上春风依旧，浮云还似去年
他人的歧途，已被杂草荒芜
老榕树又添痂痕，昭示流年过客
归燕在檐下，将家园置于尖喙
岸柳再展新姿，溪流日渐丰盈

讲去去就回，等候总是飘忽
想要投寄的邮筒，似在海上漂泊
案上信笺，难于送抵初别的问候
残冬渐远，多少故人变成古人

鹭鸟不再恐慌，十里芦花茫茫
不敢细说霓虹灯、摩天轮、栈道
红尘器器，高楼目断
担忧乡音已改，情怯，鬓衰
看着归来路远，其实一水之隔
解下背负的行囊，他乡即是家乡

错 觉

草和树的氛围里，街道空旷了许多
擦肩的风，没有停留的意思
木框窗眼神昏暗，犹豫又陌生
半截土墙静默，豁口深刻
很容易误读成历史遗存的废墟

背景苍老，扭曲定格多年的意境
仿佛抽离了时间，感官瞬间迟钝
寻不着自己的下落
气息淡去，如烟消后的灰烬
弥漫无法分辨的味道

被数过的星辰，在薄暮里无所适从
掘在泥里的城堡，蛙潮余波袅袅
磨损的石板，正在叩响另一个时空
屋角的书包，和颜色一样破旧
一片树叶悄然飘落，搁在座椅上

触摸夜的模样

这个时候，一切都在融合
没有闻到太阳的味道
尽情释放的失意，暗中弥漫
一定与丢失的温度有关

不再承受阳光的重量

沦陷的影子，就跟不上脚步
被温柔握住的目光，变得陌生
笑意未达眸心，已被轻轻地放开

亲情的枝叶，悄然飘落
去寒冷中寻找和煦
上一季盛开的花，被风雪掩埋
闻着这个气味，知道他来过

时空遥迢，思想边界模糊
那一声呼唤，刺透情感的内核
声音像薄荷一样清凉
来不及回望，已不见逝去的星光

再深的情，此时已是天涯陌路
再久的约，也会演绎成絮在风中
除却虚无的界限，世界只在
你想看到的地方

说到后来

消退了正午炽热的阳光，和
万里瀚海、巉岩、风沙
于千万年千万人中，遇见
点缀成日历的霉斑
风过耳边一声叹息。封存了闪电

时光无限，编织年代久远的预言
没有形状和内容，如一盒旧磁带

随地球静悄悄转着圈
雾气漫过石桌，半盏残茶
安静的若有若无

回望桑田，芳菲是否依旧
曾经誓守的沧海，已在时空之外
返潮的理性，锈蚀了情感的箭簇
心停留的地方，不再有人路过

说到后来，是转瞬间的从前
节气的手心，还攥着那枚叶子
这辈子到下辈子有多远
起风了，那场预计会来的雪
终究没有落下

（以上 4 首选自《诗选刊》2022 年第 6 期）

外浒的海滩

经自钓鱼岛的潮汐
每天　涌到外浒的海滩
桅杆触到太阳
海水瞬间点燃
千帆竞发　向着金色的波涛浮沉

那是海的记忆
赶潮的脚印
重叠千百年

海滩的扉页
浩瀚着细细的沙粒

那是海的牵挂
挥舞手绢的倩影
早长成一片枫林
斑驳的归来亭
在月圆月缺中默默驻立

那是海的守护
古城堡巨石残垣　　倭刀箭痕依稀
神庙里戚家军依然横刀跃马
海风中祥和的五彩旗幡
是民族血性的旌帜

那是海的传说
薄暮的崖岸
又有号子响起
咸咸的风有酒的味道
渔人的梦又在海滩编织

三都的那片海

生存的理念被刻成岸线
所有的追求都复制成一个版本
春天过后的季节
受月亮的诱惑和海风的鼓动
要把对岸的迷恋
标示到更高的高度

热烈潮退后　　又一个期盼
被风蚀成螺壳的彩纹

清理了漂泊经年的困惑
船只的脚步声和招呼声
清亮了许多
身后展开的白色弧线
构思出意象外的图案
洞穿了蔚蓝的三维空间
海鸥从这个罅隙飞出
田字码列的家园
顿时起伏着生动的形态

流浪多年的白海豚
以周游世界的名义归来
新生婴儿捕捉未改的乡音
阐释语言密码
珊瑚积淀千百年的霞光
在手指和胸口炫示

海关大楼依然斑驳着矜持
停摆了一个多世纪的时钟
思考继续沉默的意义
每天的潮音不会迟到
高耸的尖顶和缓渡的慢时光
总在日出目眩前觉醒

（以上 2 首选自《诗选刊》2021 年第 1 期）

　　叶林，男，1964 年生，寿宁人。福建省作家协会会员。供职于宁德市财政局。诗歌见《诗选刊》《福建日报》等。

阮宪铣诗歌

清晨辞

每个早晨都是神的赐予

我该在此时醒来，接受第一缕阳光
倏然照亮，像神谕，像很轻很轻的爱
像给刚见面的婴儿取好听的名

栀子花、绣球、米兰次第开出花朵
身姿轻盈，灵魂芬芳
这是多么美好的尘世——

淘过的米，洁白、剔透
白瓷碗里的蛋黄，像极了正在升起的朝阳

几颗清脆的鸟鸣，在琴键上散步
恰好每天落在窗台上，像是我
晨读里一个个明亮的词

"此刻，我愿意做一个没有理想的人"
每天草木一般安静，这么奢侈

早起，读诗如诵经

我的爱，每一分钟也舍不得浪费

（选自《中国诗人》2020 年第 6 期）

稻谷熟了

黄澄澄的秋收之后，留在田里的
稻穗，那是父亲留给鸟儿在风中的经句
一粒，一字，金黄饱满

我喜欢看母亲把谷子一把一把撒出院外
忽忽引来一群小鸟，又一群忽忽飞走
那姿势好看，像播种

十二岁那年，突降雷雨
我奔跑着，顺手就把斗笠递给了
雨中孤单的稻草人

一场大雨，如沐浴一般
多少年过去
我依旧像那天一样，干净、欢乐

（选自《诗潮》2021 年第 8 期）

中年辞

人到中年，就像置身在秋天
顿觉太阳迟暮的下落

安静的人开始把每一天都当作盛世
那么美好——
每一天都有黄昏，正午
都有干净清亮的早晨

如在春天，我不断
给新生的植物写诗，给路过的人祝福
说晨光里，小米粥满满一碗
太阳的温暖
天地四时的福报

说珍爱时间和自由，学着
做纯粹良善的人
想念亲人，喜欢花和草木
宽待遇见的人们

如果问为什么慈爱仁厚
我坦承，每次看见那么多
花一样飘落，落英满地
对生命的脆弱，我已没有太多信心
你应该把每一天视作末日来过

（选自《诗刊》2020 年 8 月）

与友书

若来看我，最好夏天
我会在岭上亭子里等你，我顺便
一边吹风，或者一边想你

你若心血来潮，突访不遇也没关系
那时我房前半亩荷花盛开，你可随便
一边等我，一边赏花

城市在百里之外，你不用提那么遥迢的客套
来吧，我有三坛去年冬至家酿的青红
满山的清风明月，不用钱买

不一定要海阔天空，我们闲聊
或者各自沉默，听风
等到荷花谢了话都说完了，你便回吧

岭上无别物，我一定送你一岭的白云
若无醉酒，我会像古人一样五里抱拳相送
请你记住白云边上无尽的蓝

（选自《诗刊》2019 年 5 月）

星　光

少时听古训，每个人

都对应着天上的一颗星

我信，每个人心头都有一盏微亮的星光
像安居着一个米粒大的寺院

小小的善，是小小的沙弥
学着长大

我最喜欢，看见他低头认错的的样子
伸出一只慈悲的手掌，等着受罚

（选自《诗潮》2020 年第 7 期）

风雨夜归人

外面风雨，像大江南北广袤大地
绵延浩大，我淹没在人群之中
四处流淌的雨水替我讲述这一年的奔波
雨衣鞋子和手脚分担着各自的寒冷
十指雨水冰凉，我不知道脸面藏在哪里
各种车灯倒映光怪陆离
直到我摸黑打开家门
明亮温暖的灯光倏然照亮通往内心的道路
我看见妻子和母亲
坐在沙发上看电视，妻子一针一针
织着毛衣，毛线在篮子里滚动
母亲头发花白在打盹
光阴柔软慈爱，我竟忘了人世间

一年又一年的悲伤
与疼痛

撤　退

这个年龄，撤退到了世俗的生活
开始喜欢简约、清淡，譬如菜的翠绿
海鱼的新鲜、谷物的温暖
像从茫茫海上获救上岸的人
对阳光、大地充满了感恩

每天，把自己萤火虫似的心灯
作为回馈，赠予一只迷途的蚂蚁

这个年龄，从前半生撤退回家
开始和自己握手言和
和过去的自己互相鞠躬致歉
每当看见开始羞耻的自己
就像走近晨光中宁静的教堂

（以上 2 首选自《福建文学》2019 年第 6 期）

劈　柴

为什么记忆总是越来越美好
就像明亮亮的雪
闪耀在山顶之上
我最喜欢的简便取暖方式

就是来自

太阳金子般阳光

和劈柴使出的劲和气力

我接过哥哥递过来的斧头

一斧劈下去

松木"唰"的一声，裂开

树木的清香

瞬间弥漫出满山新鲜的辽阔

林中有鸟鸣

有上升的暖阳

挥洒自己劳动和体力，原来足够制造

血脉偾张

供给一个人自内而外御寒的热量

就像一堆劈开的柴

看得见

火和太阳燃烧的温暖

（选自《诗歌月刊》2022 年第 9 期）

作者简介

阮宪铣，男，1969 年生，古田人。中国诗歌学会会员，福建省作家协会会员。诗歌见《诗刊》《星星》《诗选刊》《诗潮》《草堂》等。著有诗集《站在时间的枝头》。获福建省第 36 届年度优秀文学作品奖。

李艳芳诗选

电梯上行

更高的楼层
有人按下按钮
电梯启动了
因为没有人
阳光下
药囊形状的电梯
自己载着自己
空空的躯体
去了高处

(选自《诗刊》2021 年 11 月)

椿叶般的欣喜

你打的婚床、衣柜还在用
那新娘青丝
已成白发。你刻的狮子头，还在年节舞动
木偶还在线上摇摆

你刻的荷花、蜡梅、牡丹、杜鹃
代替我们，在春风中活着

斧头、刨刀、凿子、沾满墨汁的线盒
父亲啊，还记得当年

你背着它们推开家门
天近黄昏，母亲有椿叶一样微微颤动的欣喜

木 鼓

在塔头底村，有一面鼓
木头制作的
塔是般若塔。从前的人，可以去塔下
烧香，献上供果

塔已不在。来的人，可以亲手
敲一敲鼓。如果不来，你还可以，请雨滴代劳
雨声腼腆
鼓声低缓
说的全是草木方言

（以上 2 首选自《星星》2020 年 5 月）

竹 下

选一座山，让香樟、小叶榕、魔神树、榔榆

165

代替我们生根长叶

选一片水，让石头做梦
白鹅洗羽毛，洗金黄的脚掌

木头房子，有好闻的清新之气。适合临窗
说说过去的，以及还没到来的白云

一天时辰，就这样过去的
水波清清，灯火轻易洞穿了几重门

暖

给月亮写信，适宜用芭蕉。叶片宽阔
方显诚心

给故乡写信，适宜摘梧桐叶一枚
毛茸茸的，摸上去像宣纸

如果你收到了
请按照信中所说——

水稻已经成田。夏日里，请善待那些
笨拙的青蛙

如　画

妈祖给天堂村沧海，把桑田也留下来了

我们说大海，宜用辽阔一词
画竹竿方阵、小渔舟、礁石，适宜着浅墨

海水如灰烬。波涛里，妈祖还留下
四个酢浆草一样的女子

她们支起锅，煮硬壳虾蛄，她们带了酒
准备和晚风对饮

斜阳外，人们带走天堂村的美，她自己
再悄然用渔火补上

在闽东

秋天了，听说银杏落在
莲花图案的地上，很美，我们去看吧

冬天来时，听说蜡梅盛开，暗香淡薄
我们去看吧

现在是初夏，风从南峰山吹来
顺便把诵经声，带往远处

顺便把建善寺的美，向世人露出
那么一点点

闽东是这样的，山河翡翠，更多美好
被松石掩映

（以上 4 首选自《草原》2019 年第 10 期）

草木间

一场雨之后，水鸟开始忙碌
它们有的贴水而飞，有的飘在高处

此时，溪流间青石不语，草丛里
开着正好的小花

溪水对岸，庭院寂静
一棵树上缀满青果

果树之下，一个白发妇人眼神泛散
宛如白云无所归依

（选自《诗潮》2019 年第 12 期）

 作者简介

　　李艳芳，女，1976 年生，霞浦人。福建省作家协会会员。
作品见《诗刊》《星星》《诗潮》等。

何钊诗选

扫　码

我决心研究一个识别代码
它可以自动生成
比如市场上的鱼虾、蔬菜
在我们需要了解的时候
它就形成一个二维码
用手机一扫
就知道它们在哪里成长
是谁拿来贩卖
有没有添加化学试剂

这样，陌生人和孩子们打招呼时
他们就可以取出手机
往他的额头上扫一扫
识别出他的姓名
做过的坏事
把那个微笑后面的丑恶嘴脸
昭告天下

蝈 蝈

且慢，别和我说
让我先修剪下草坪
到了秋天，它总是显得凌乱

我听说曾经有一些虫子
躲在秋天的芦苇地里
迎着风唱歌
在夜晚的寒风里
增添凉意，提醒我加件衣裳
我听说曾经有些不知疲倦的鸟
从北到南翻过高山
它们依恋着夏天
一代代追赶着太阳

我还听说，那个女子
偷吃了丹药
独自在寂寞的广寒宫里
享受着思念的漫长

看 我

那就看我，不说话
把读过的报纸折叠起
垫好，铺在走道
我们都坐下
把烟壳里的最后两支

你一支，我一支
叼好，让雾缭绕在鼻腔
遮住你的皱纹
不让它听到
时间就那么趿拉趿拉
套着脚拇指
等着你我的眼神
从忧郁变成忧伤
走出门去
不知道去了哪里

白头发

对着镜子
忽然发现已经满头白发
我不知道它们什么时候长出来
在原本是黑头发的位子上
闪耀着银色的光

它们已经黑了很久
乌黑的时候为我突显精神
让我想尽办法折腾
留长，理短，中分，三七
有一年还被我刮了，使自己
看起来像一个成熟的瓢

我知道它们记录了很多
相思、泪水、愤怒、喜悦
还有莫名的感伤

最后把岁月的枝枝丫丫
用银光点缀在头上
提醒我，学会原谅

来，孩子

天黑了，孩子
你看，蝴蝶收起了翅膀
我在家中的屋顶
抓住了月光，你来看

你看，月光照着山顶
那里藏着神仙
你快来，看那漂亮的小娃娃
大大的蓝眼睛
在山边一眨一眨
他们手握着冲锋枪

许多年后，你也会站在阳台
左手捧着月亮
右手挥着星光
你也会说，看，孩子
看爸爸飞的模样

现在，来
坐上我的肩膀
去你想去的地方

世界第二

我走在世界第二的大街上
小心地提防脚手架上丢下的石块
别给砸了，死了赔三万
要是砸伤了更坏
我一家三口的吃饭怎么办
三十万的贷款谁帮我还
还有儿子的学费
还有他的房子
他的新娘和老娘
所以我鼻孔朝天走着
看起来十分傲慢

（以上 6 首选自《海燕》2020 年第 6 期）

东湖三叠

1

是城市圈住了海，还是
海水托起了一座城
跌宕的情怀化作波纹婉转
桃林如火，柳丝拂面
从此深陷臂弯
不再澎湃

也有相思：都写在岸边

伫立着远眺
转眼间摩肩擦踵，烟花灿烂
也有沸腾：晨起的东海
朝露如珠儿撒遍花园
迎着风的亭台

2
不是虚构，是水
挑动了城市的消息
追逐，生活，嬉戏
海微笑着
回音缠绕，在水底

亮光从桥墩间飞散
沿着水面，一路涟漪
连绵的拥吻，直到白色的翅膀
在湖对面聚拢
城市的海，静静地守着风帆
聆听海的喧嚣

3
哦，东湖
把饱满的丰腴、不羁的脚步
留给一座城市。潮总是按时来到
在夜里，唱着心和梦的距离
载着飞翔的嘱托
悄悄盛开，无边无际

今晚，左手和右手环抱

南岸和北岸见证：我

就是大海

（选自《你的城，我的城》，海峡文艺出版社 2020 年出版）

作 者 简 介

何钊，男，1971 年生，寿宁人。中国民间文艺家协会会员，福建省作家协会会员，宁德市文联副主席。作品见《中国朦胧诗》《闽派诗歌散文诗卷》等。

阿角诗选

窗口对面那盏老路灯

白昼已耗尽了它的存在
暮色中，以自辱的方式
它又兀自亮起——
它得熬过又一个漫长的冬夜了

春风吹啊吹

废墟上破碎的灯盏
又照亮了坍塌的门楼
消逝多年的布谷鸟
又站在腐朽的犁耙上
族谱里枯萎的枝蔓
又长出了姓氏的新绿
昔日的彩蝶和野蜂
又涌向空寂的村道

杂　记

在我跟前的草地上

它左蹦右跳
目中无人
它以为我戴着口罩
面目全非
就有口难言了
当我喊出来的时候
它竟然扑棱着翅膀
惊吓得飞不起来

出　走

与老邓出差内蒙古
同住一标房
这个五十多岁的男人
在睡梦中
上半夜惊呼
下半夜抽泣
留我在异乡的黑夜里
独自茫然
我摸索到卫生间
关起门来
坐在马桶上抽烟
我不能惊扰他
好让他在出走途中
吐尽胸中块垒
流干泪水
即便流血
也要多流一些
天亮了

再轻轻松松地返程归来

兄　弟

老徐老刘

这对冤家

貌合神离

在同一科室

谁也不服谁

斗了大半辈子

现在退休了

一个提笼架鸟

一个牵绳遛狗

早晚相约江滨公园

面对涛涛江水

惺惺相惜

互诉衷肠

（以上 5 首选自《诗潮》2020 年第 9 期）

作者简介

　　阿角，本名叶竹仁，男，1970 年生，寿宁人。诗歌见《星星》《诗潮》《诗选刊》等。著有诗集《水流四方》《皮影戏》等。

周宗飞诗选

无名英雄

为保守秘密，你隐名埋姓
为不连累亲人，你断绝书信往来
19岁加入中国共产党
生命只对信仰负责

牺牲时，你才29岁
朱德、徐向前、李先念等
数十位红军高级将领为你送行
可是，没有人知道
你是福建宁德的"富二代"

你留下的履历简简单单——
姓名：蔡威
职务：红军总司令部第二局局长
职责：无线电密码破译
原名、出生地、家庭情况：不详
有无遗嘱：无

你原本可以在重病时留下遗嘱

好让自己扬名立万

让子孙和战友不再苦苦寻找

可你却把信仰当成生命归宿

至死都把身世和名利深埋在

甘肃岷县的黄土高坡

当我走进你的纪念馆

看着徐向前元帅"无名英雄蔡威"题词

仰视着你昂首挺胸的塑像

多么希望你能复活片刻

和我一起分享新时代的中国

给我上一堂关于生命和信仰的党课

（选自《解放军报》2021 年 4 月 16 日）

被遗忘的野茶树

这片被遗忘在

太姥山一侧的野茶树

曾被彩虹簇拥过

也被雷电击打过

始终绽放翠绿和芬芳

不因呵护而气傲

也不因摧残而萎靡

当我轻吻她的叶片

那战栗的毫香蜜韵

波浪一般直抵心灵

仿佛要把残留的

杂念和异味
全都驱赶和覆盖

格桑花

秋游在一个近乎空壳的小山村
我看见一株格桑花
孤零零地站在溪边别墅的门口
踮着脚尖，高挑又苗条
那被太阳晒成紫红色的脸盘
似乎在张望着路口的方向
我发现，除了辽远的秋风
让她摇曳身姿、风情万种
周围的粉蝶虫蚁都不为她所动
遗憾的是秋风来了又走了
不曾有一缕为她停留，给她捎话
更多时候，她都静静地站在那里
仿佛认命，仿佛看破了红尘

盆栽杜鹃

上次我来，正是花季
只见花朵，不见其余
这次我来，花季不再
才发现这些死死抓住
泥土砾石的根茎和枝干
比花朵的模样还要美丽
只因经历过变形和扭曲
生命激荡着悲壮力量

绝非肤浅的花朵可以攀比

一截树根

在霍童镇支提山溪涧
面对一截腐烂的树根
朋友如获至宝
那忽然放大的瞳孔
仿佛要把树根
连同它周边的泥土一起吞食

作为远近闻名的根雕艺术家
我欣赏他的慧眼
但更欣赏这一截朽木
几百年来，它似乎
一直待在这里
似乎认定：若无人倾心
美，宁愿用来浪费
生命可以任由凄凉

（以上 4 首选自《福建日报》2021 年 12 月 11 日）

菖　蒲

已是深秋
它依然翡翠似的
按摩我的身心和眼眸
除了一小盆清水

我什么也不能给它
却从不向我
索取营养和报酬
也没有怨言和委屈
善良得像一块
小小的丝绸

青　草

此刻我就站在草原上
这些不善言辞的青草
从脚底一直融入远天
干净、纯洁、团结
共同抵御经年雨雪
从不纠结于是非曲直
只知道如何用明天
弥补今天的挫折与枯萎
地位卑微，却从不自虐
那生生不息的品德
不知要高过我多少倍

傍　晚

喜欢这秋日阳光傍晚
慵懒、空虚、宁静
喜欢独自漫步在东湖栈道
观水波潋滟看湖鱼游弋
喜欢听风中时隐时现的鸟鸣
喜欢静坐，想一些
快乐或不快乐事情

更多时候，什么也不想
就喜欢和秋日阳光一起
慢慢地垂下疲惫的眼帘
垂下烟火、时间和记忆
以及挥之不去的你

秋风中

天空这么蔚蓝
如果再点缀几朵云彩
像原野点缀鲜花
阳光就会更加芬芳
秋风也会更加香甜
这个时候独自一人
在梦顶山上行走
哪怕痛苦缠身
也会暂时松开
像花蕾松开成花瓣

一束狗尾巴草

在客厅玻璃柜上
我看到一束狗尾巴草
被高高地供在细瓷花瓶里
这来自荒野最卑微的生命
有了地位和尊严
竟也变得高贵和华美
远胜于墙角的玫瑰和芍药

（以上 5 首选自《太行日报》2021 年 9 月 8 日）

184

作者简介

　　周宗飞，男，1966 年生，福鼎人。福建省作家协会会员，福建省文艺评论家协会会员。曾在《人民日报》《诗刊》《解放军报》《诗选刊》《福建文学》《福建日报》等报刊发表诗歌、散文、报告文学、评论等，有作品收入《当代中国青年诗选》《诗人江湖老———人民日报 2012 年散文精选》等。

钟而赞诗选

降龙村古商业街

我向来对霉味情有独钟。在阳光
照不到的角落，创造了如此堂皇的宅院
它似乎背逆了天地之道
你无论多么富有想像力，也难以
说服自己，宽度与形态等于一节羊肠
在传说中店幡层叠，商旅往来如织
然而在霉味中我闻到了阳光的味道
让我相信阳光或许只是随人迁移了
另一种可能是人心自有阳光
即便在阴湿如当前的境遇
也始终如窄巷翘起两端
把高处的茶商盐客引进来
低处的生活因此被抬高
通风，早晚遇见阳光

白玉村名探源

和我一样，你的第一眼

当然先被溪流俘虏

关于白玉的想象

是心无杂念的水

在溪滩上任性漫游

在微小的收缩与跳跃中

欢快惊呼

像一朵朵玲珑的小花

或一颗颗晶亮的珍珠

它们从不在乎传说

也从不制造传说

偶尔回一回头，望一眼

一个村庄紧贴于半山的历史

久远、迷茫，与倚窗远眺的红衣女子

眼神略有些相似

白凌梯田

如果早两个月来，我会看到进入收割期的水稻

给这片陡峭的山地铺设满目黄金

在海拔千米的宿命里

此际因仲冬季节和阴冷天气

恍惚回归最初的清寂

但梯田始终在，也不会消失

我认识的田坎具有铁器的品质

向粮食做出过坚定的承诺

普岭村

我们合影吧，此处甚好

前世和今生同框

穿过村庄时留下一声叹息

像隐约的跫音沿时光古道逶迤而去

辗转间消逝于山的屏障

被遗弃的只是一道石门残骨

算上门后宽宏的废园

也并无意标识堆金砌玉的历史

溪从山谷中来，弱水一握

在长草的掩盖中悄然低行

我恰好同期到达村头

晚霞正艳，一泓清碧之上

仿古廊桥张开的檐角

飞向广远的山口

前墘村

走到这里一定要停一停，找家客栈住下来

再往前就是他乡了

你认识的人家大多姓韩

乡音仍浓，乐意端出最醇的家酿

和最灿烂的笑容

喝几杯吧，不可酩酊大醉

但微醺是必要的

再往前就是他乡了

谁这时抬起眼

让你望见几分说不尽的迷惘

（以上 5 首选自《寿山福海》，海峡文艺出版社 2022 年出版）

诠释嵛山岛

神不屑于诠释。茫茫大海中
他拔出嵛山，在山上布设三个湖
人世间有辽阔的风浪和咸腥
云雾漫天，津渡迷失于出发地
需要在清淡中澄净下来
抱守一座岛屿孤悬的高度
十万种解说都来自凡尘
譬如天上雨地下泉
譬如海水的蒸腾和自净
又譬如我来时海天清明，云层
有清晰的纹理和边缘
三个湖却早已完成命名
曰日，曰月，曰星

(选自《山海闽东》，海峡文艺出版社 2022 年出版)

茶山情思

1

就那一声轻啼
春天漫山遍野而来
鹅黄的喙又紧紧收拢
三分羞怯一分新奇
更多是期待
藏于昨夜的半场微雨

采花的女子下手迟疑
蓝底白花的衣裳飞出
一对蝴蝶双双
这是一枚噤声不语的
芯叶，露珠莹润
收回的一声轻啼
泄露了迎春的秘密

2
你情不自禁张开双臂
你要成为一只绿羽的小鸟
你长出和芯叶一样的喙
你啄食阳光的米粒
你已经丢失了言语

你沦陷于纯净的时光
你觉察到脚心有些异样
一只虫刚从冬眠中苏醒过来
卑微的身子毛茸茸拱动

3
来，做我的神
做我的泉眼和星光
给你一炉文火半炷燃香
我要把你的绿
煮出汤色杏黄
像黄昏，满脸梦境
恬然入眠

叫你牡丹、银针

来吧——

做我去年入门的新娘

衣襟绣大朵大朵的牡丹花

用一枚银针穿行寒暑

回到我们的春天

（选自《茶香闽东》，海峡文艺出版社 2022 年出版）

作 者 简 介

　　钟而赞，男，1971 年生。福鼎人，中国少数民族作家学会会员，福建省作家协会会员，福鼎市作家协会副主席。诗歌、散文、小说见《文艺报》《人民日报》《诗刊》《民族文学》等报刊。获全国首届"山哈杯"畲族文学大奖赛佳作奖等。著有散文集《灵魂的国都》，长篇小说《风眼》。《风眼》入选 2015 年中国作家协会少数民族文学重点作品扶持项目、2018 年福建省作家协会中长篇小说出版扶持项目。

黄友舜诗选

五华山，静坐

相传有人在五华山得道成仙
我去的时候却走错了道
自然未能见到"五华仙境"的牌匾
在其半山腰遇上一个小庙
已是走了两个多小时的山路
在庙边的一个小亭坐下
有风吹过，带着深秋的寒意
习习有声，鸟儿不知为何却静默
一个古怪的念头又一次浮起
灵魂有无美丑老少之分
下山的时候，我默念着
不论对与错，我来过

溪　边

溪边，是一个村庄的名字
她还有一个美丽的名字叫蓝溪
上百座新旧民居就静卧在溪的两岸
静卧的，还有蓝溪桥古老的传说

水尾公园那几株参天松柏的风骨

踩着水上那排石墩过溪，时光
在恍惚中变成清澈而柔和的溪水
挽着清风同行，鱼儿在水中
追逐我的影子游向对岸
街市的喧嚣与疲惫，已在这里
得到了一次舒服的水浴与鱼疗

在溪边，灰墙黛瓦的古民居
静默不语。那些赐封、贺赠的牌匾
无意间泄露了屋子的个人隐私
厝前的花丛间，正有两只彩蝶翻飞
在表演一出蝶恋花

翠屏山

翠屏湖上有三十六座岛
有名字的、无名的，星罗棋布
她们的前世今生，我知道
既是岛又是山。在城门前那条溪
还叫剑溪的时候，翠屏山就应该比
三十六座山高出许多，是溪没湖而成
让她们变了姓，改了名。这里的居民
自然也挪了窝，腾出地，散落各处
只留梦乡在湖底。每次游湖、登山
总相信翠屏山上，应该有个亭
一个叫张以宁的大诗人，在亭中眺望
我的脚步如风刮起，飞向那山、那亭

龙潭峡谷

位于鹤塘镇溪边村的

那段峡谷，死于上游的截流

有溪底尸骸般的乱石作证

听不见当年的咆哮声

只见两边高山被它们硌得生疼

缘溪攀石的说笑声

给孤寂的峡谷伤口撒盐

我独坐半山腰的凉亭

抬头望天，三魂飘升为几缕白云

向下看，七魄已落地为石

（以上 4 首选自《福建日报》2021 年 4 月 18 日）

作 者 简 介

　　黄友舜，笔名竹心，男，1964 年生，古田人。福建省作家协会会员，古田县作家协会主席。作品见《诗刊》《福建文学》等。著有诗集《菩提树下诗》、《空谷回音》（合集）。获福建省第 10 届优秀文学奖，1992 年参加鲁迅文学院创作班学习。

董欣潘诗选

绣　花

我们相遇时，她在秋风中穿针引线
为一朵新绣的牡丹花添香加色
让一只殷勤的蜜蜂顺从秋光的指向
并有了新的去处

看得出，小小的银针是她命里暗器
牵动了半月里，一阵山风穿堂而过
并不在意院墙下那丛矢车菊的感受
她头顶也有一朵万寿菊，花瓣似乎枯黄
在风中摇摇欲坠

她说，从前一家人的吃喝拉撒
全靠我这枚针，唉，现在人老眼花不中用了
眼睛常常走神，手中针线常常走偏
洞的日子，已缝补不动

（选自《草堂》2021 年第 4 期）

傍　晚

弹出去的琴音已回不到琴弦之上
但它可能流入一个人的心里
有时叮当作响，如泉音
有时悦耳动听，似鸟鸣

那是一个暮光耀眼的傍晚
我路过一个小区，但不知
它从哪个窗口飘出来
伴随着晚风，带来舒心和惬意

像那些闪亮的事物，即使化为乌有
仍然被我所爱

（选自《诗刊》2021 年 11 月）

遗弃的时钟

在渔村的一条坡道上
我遇见一口钟，它的时针和分针
已经分离，秒针在风中
一动不动，像一个老去的人
正在离开时间的秩序

多少人一生都在奔波
而时间丢失在路上，像我遇见的

这口钟将自己遗弃在时间里

那时暮色正从海面合围过来
加重了大地的沉默
海风吹过荒草和落叶
一只海螺发出"呜呜呜"的余响
哽咽之声仿佛替它悲鸣

(选自《诗刊》2022年10月)

闲　笔

从一字排开，到八字一撇
我只是大雁写在蓝天上的一画闲笔

大风一吹，云与云重叠
阳光照射后化为虚无

星光璀璨的夜空，你看那颗流星
也是我从人间划过的一记闲笔

秋　收

弯腰，俯身于秋田里
母亲和我割下整片的稻谷
又将它们码在一起
父亲在打谷机前打谷
一手抓稻禾，一手打谷子

一手打谷子，一手将脱谷的稻草扔掉

夕阳落山之前，我们挑着稻谷回家
一群麻雀趁着晚风急急飞来
在收割一空的稻田里
翻飞，落下，钻进稻草里

那时，星星正在隐去
月亮会从云层后面露出来
以自己特有的光芒
替我们安抚稻茬的伤口

（以上 2 首选自《诗选刊》2022 年第 7 期）

闽东海

从东台山以远，到官井洋以南
百多海里的洋面，是我的闽东海
它也称为海西，在台湾海峡以西
我最先迎来朝日的第一缕曙光
送走夕阳的最后一片暮色
期间有我众多的渔民兄弟踏浪出海
或放网捕捞，或围网养鱼
这片海域是我们赖以生存的疆域
古老的海洋潮起潮落，它日夜欢唱
一支渔歌，高亢的部分是水手的豪放

低沉的部分是渔村的呜咽和悲壮

秘　药

将海水反复地在太阳下翻晒
蒸发，淬炼和提纯
成为一粒粒肉眼看得见的晶体

它像大海的种子
种在舌尖上，让人得以识别
世间的苦与涩
它仿佛是神化的大海
以其精华供养生命
塑造一个人博大的胸襟和坦荡的灵魂
它既不是白的，也不是灰的，更不是蔚蓝色的
它只是大海的本色，归还于人

有时，它也化作一种盐水
专治人间疾病

浪涛中的礁石

砸向它的海浪，如今都退向哪里
礁石还在，面目已千疮百孔
那些曾开在它身上的浪花
继续开着。大海有无边的苦涩
和众多暗流与陷阱，并不值得赞美

但我欣赏一块礁石，它面对风暴时的
坚韧品性和定力不容质疑
它总是不动声色，沉默如金
令所有巨浪狂涛
汹汹而来，又完败而去

寄居蟹匆匆爬行而过

海边的礁岩，表层粗粝
有几处风刮浪击后留下的沟壑
里面居然蛰居着一只寄居蟹
它并不起眼，穿一身铠甲
斑驳又沧桑，我独爱这斑驳与沧桑
爱它起伏不平的身世与坚韧的个性
面对大海，终年的风暴并不停息
它有生的无声无息
也有死的安宁与孤寂

向落日说再见

它的告别充满仪式感
在一条沿海栈道
那些从远方赶来的人们
扛着"长枪短炮"，守候落日降落
我从生活中挤出一点时间
加入这支宏大的团队，那时
风自远方吹来，浪从脚下涌起

大海碧波万顷，涌荡着万千金银

海平线上，那艘船一次次伸出手

挽留着落日，但我在心里

一次次向它说再见

（以上 5 首选自《灯盏 2021——中国作家网"文学之星"原创作品选》，作家出版社 2022 年出版）

作者简介

董欣潘，本名董新潘，笔名白鹭，男，1963 年生，福鼎人。中国诗歌学会会员，福建省作家协会会员。诗歌见于《诗刊》《诗潮》《诗歌月刊》《福建文学》等。获第 4 届上海市民诗歌节原创诗歌一等奖，福建省第 35 届年度优秀文学作品提名奖，第 10 届东海诗歌节暨（温岭）全国海洋诗歌大赛三等奖等。

曾章团诗选

玉麒麟

嗅着肉眼看不见的那只瑞兽
安详而静美
似乎伸手就可以摸到凹凸有致的厚背

在湿润的雨后花园
我们相遇言欢
扑面而来淡淡的草本清香怡人
而我仔细辨别你的蛛丝马迹
却闻到身上当归的气息，如雪梨，如蜜桃

曾经，丛林归来的人
以为自己可以走出人间
在浮世的杯盏边
有人骑着一匹麒麟
它有龙首、麋身、牛尾、马蹄

九龙窠的茶有内与外
那些旷野的斑纹
身上有麒麟片就可以发芽

碧绿而透明的翅膀
会有怎样远行的路程

把茶喻为神兽
与天空比邻而居
因着这空旷和不着边际
记忆滑入舌喉
山上雪泥鸿爪，山下河山有隐

牛栏坑肉桂

被称作"牛肉"的，却是一泡茶
只是轻巧绕过了章堂涧与九龙窠

它像是岩茶界的缩影
瘦小的身躯灰褐油润
还潜伏着若干红点
自诩为生命的骄傲
而后在沸水中慢慢惊醒
独有的桂皮辛味
让空缺的舌头搬走了重量

从兰香到花果香
一条无迹可寻的狭窄坑涧
回荡着悬崖与溪水
空气已足够辽阔

每一次遇见
我都感到压力

不把你变成想象中的情人
我就很难理解什么是高贵的美
更无法形容细腻如丝的温婉

岩石有瘾
就仿佛你给他们抛过媚眼
有人在深夜里　对盛开的桂花说
只有王子才听懂的话

雪　梨

章堂涧一片巴掌大的叶
代替我前世的香橼
梨树的枝条上
不见雪的果子

在永春，叫作佛手的茶
一入武夷便有雪一样的味道
异香弥漫
岩石上的雪梨
低垂着脸庞　慈悲　蜿蜒

沸水中翻滚的身影
吹奏的舌尖和流云
就像是佛陀
从我们身体路过

（以上 3 首选自《诗歌月刊》2021 年第 12 期）

作者简介

　　曾章团，男，1968 年生，福鼎人。福建省作家协会会员，福建省文联党组成员、副主席、书记处书记。作品见《人民日报》《诗刊》《当代诗坛》《福建文学》《福建日报》等。著有诗集《镜像悬浮》。获福建省第 9 届社会科学优秀成果三等奖。

诗耀闽东——新时代闽东诗群五年诗选

视角

王丽枫诗选

深　渊

海水的无限处是深渊
黑暗中，鱼群拥有各自的神灵
它们得到庇护
游弋四方，却匿迹于分秒

种子入土的地方是深渊
一棵树，从另一棵树里长出来
它们看上去如此孤立
可那边界，春光也无法覆盖

人的心多么渺小
爱藏在哪儿，恨也在那儿
活了几十年的肉体和心都不再挣扎
朝着逝去的光

（选自《福建文学》2018 年第 5 期）

如果我是一块石头

如果我是一块石头，请你们
把我擦干净，然后写下几个大字
不是"愿你此生无怨无悔"
而是"亲爱的朋友！原来你在这儿"

我开始接受抚摸。草儿用它的
露水，星光用沉醉的梦
过客投来疲惫的身影
忏悔的人滴下斑驳的泪

我是一块石头，我在人间有自己的
名字，我在某个幽静的博物馆里
被视为奇迹
我在山冈上有如一块墓碑
带着所有爱恨荣辱

像鱼一样

必须留在海里吗？我这样一条鱼
渴望在炎热的夏天有条裙子
然后上岸碰到求爱的一场雨

必须夜以继日用鳃呼吸吗？我这样一条鱼
渴望蓝色的天空，傻傻的风
大街小巷追随你，哪怕
捡一粒尘世的种子，一个

黄昏的背影

在那场雨的前面
接近海的地方
或许，我已经老得无法动弹
我这样一条鱼
仍然穿着如花的裙子
眼睛眨也不眨
——你，走在天空的哪条河流

笑忘书

矮牵牛长大，栀子和桔梗谢了
所有的季节便远了
却忘了问，最钟爱的花
你叫什么名字

不喜欢浓烈的火红，雪片一般的轻盈
咸鸭蛋的黄油溅上书页
洇散开一朵清新的小黄花
有淡淡的奶香味
也就有了生活的佐证
时间：夏季微雨夜
地点：餐桌旁
事件：在想象的花开里与爱的人共进晚餐

所有细节走远
还有一个信念
像旋律穿行在雨夜

春天里，读一段非洲日记

春天里，读一段非洲日记
捕鱼的人与打猎的人隔天才相遇
女人们蹲在破旧的陶罐前
她们的乳房，只为天地而裸露

部落首领是个上了年纪的人
他因干旱而祈祷，为新生的婴儿
取一个植物般的名字
他死后，昆虫们得到了他的心跳

凶猛的野兽会变得越来越少
只有最勇敢的人可在树林里过夜
他们的手不停地摸着护身符
仿佛只有那样，世界才是平静的

（以上4首选自《星星》2019年3月）

作者简介

  王丽枫，女，1976年生，福鼎人。福建省作家协会会员。诗歌见《诗刊》《中国诗歌》《星星》《诗歌月刊》等。著有诗集《站离原地的舞蹈》《午后》。获"逢时杯"第7届《福建日报》最佳新人新作奖，福建省第32届优秀文学作品榜暨第14届"陈明玉文学榜"诗歌提名作品奖。

王奕英诗选

一条河，足够饮了
——写给时代楷模孙丽美的诗

1

一条河，足够饮了
一个俯身的姿势，足够定格了
九月了，中秋了，阿美书记该回家了
她的草木亲人正抱紧一条河流
聆听水的脚印，满腹心事的荷灯

金沙溪汹涌过八月的那个下午
溪水凉得那么急、那么深
为一次暴涨触痛了寻找的眼睛
村民说，明天就是立秋啦
然而，一开嗓，就是无尽的雨水

你看溪流的水，如今薄的、浅的
瘦成一根细细的琴弦
幽幽地弹破一曲离歌
只有一弯水泥桥蹲在流水之上
它也瞬间苍老了，老出时间的裂缝

被一朵花焙热了胸口的大地
翕动着嘴唇取出几枚旋涡
她还在水中央吧，满世界是水花
满世界是芳香的四邻
都静静地镌刻在了那里

2
这一季的风，很咸
一首诗要怎样轻松的开头
才能将古县村里远去的片段
摆渡得略显轻盈

光阴回卷如长尺
吞咽了一场匆忙的告别
一个生命在 44 岁的定格
令所有的河流都蓝出了注脚

然而，她是比金沙溪走得辽远的人
将自己一点一滴淌流成河
融进村庄绿野的波澜
融进家乡漫山的秋色
成了村民口中挪不动的切切回响

3
一枚月亮落进回声
她再次回到水中，倒影，复印
在三千人焦急的呼唤里

"你快上去，不要管我……"
时光的草绳断裂
在她转身的那道河流里
每一滴水都是"卢碧"的幼兽

追赶的脚步，溪水的尖叫
她听不到了
潮湿的手掌低垂着悲伤的眼帘
她看不到了

她是水的女儿啊
被一条溪水养育，反哺的河
家乡，是一纸纸、一本本
系在她心上、扛在肩上的记事本

三千人的炊烟，三千人的日常
全称量在她体内的蓝
仿佛河流向下，低出了
山的另一种高度，依然温柔地
把家乡和天空都拥进了怀抱

（选自《留在村庄的名字》，海峡文艺出版社 2021 年出版）

与苏词会东坡

与居士会，当备竹马
元丰四年的初春，安步当车
邀上陶潜先生一道，可否

先生的南山，东篱的菊花已经开过
醉石上一醒，就是一个东晋
头上的葛巾还有二十坛《饮酒》香
借荷锄的手，牵着诗行与飞鸟结伴而来

樽中的田园，必是你们共有的故乡
居士的东坡，十亩农场正从书页上走出
来自豳风的农事也挂进了桑林菜圃
和诗数十首，投壶给刈草盖就的雪堂
瓦房五间皆交付给清风明月、绕云萦水
吟诗、把酒、茗茶的老友和新客

白描的四壁，雪中寒林与水上渔翁
系有细风，来自城东一片竹林的吟啸
那把宋时的竹杖与着芒鞋的居士和词相行
《归去来兮辞》，"对一张琴，一壶酒
一溪云"，饮醉了一山的斜照

北宋的这支健笔放达在山野，那么多汉字
都孵出了芽。先生，它们多像是
饱饮了光阴，焠炼如石的沉香
蘸满陈年的涛声，归去来兮

（选自《中国苏东坡文化》，华语文化出版社 2021 年出版）

红　荷

别轻易翻动，一朵荷的绯红
谁教夏日的风太热烈，酒酣耳热
波纹寄在发芽的阳光里飞

相遇于热风素描过的花与叶
懒腰一松，便染上微小的症结
失聪在长袖善舞的鲜妍

谣曲是旧的，粗糙的心跳临帖风间
被默念数遍的人世取走了酒醪
被一小簇红晕漫过纱窗，推敲细节

恍如前朝的姿势，半开半闭
每一瓣粉墨都挪移得状若情诗

（选自《作家与文学》，华语文化出版社 2020 年出版）

作者简介

王奕英，笔名云冉草纤，女，1974 年生，福安人。福建省作家协会会员。著有诗集《听风絮语》，散文集《醒一壶时光里的茶》，网络小说《失心鱼儿》《花开彼岸》。

叶瑞红诗选

水　鸟

此刻，我就站在空旷的田野上
面对蓝色的天空和蓝色的湖水
什么也不愿想，什么也不去想
仿佛失忆，仿佛是一张空白
而纯净的宣纸，任由翱翔的水鸟
以及它翼翅扑扇下来的清脆声
在我的身上挥毫泼墨任意涂鸦
我想，那一刻即便它留给我的
仅仅一抹飞白，我也已然满足

雁溪冰臼群

青山，峡谷，冰臼群
几万年来
不知道有多少人从那里经过
可它们都无动于衷
那生锈而又坚硬的眼眸里
除了漠然，依旧是漠然
透过流水和落叶

它们似乎深藏着无数的秘密
却又清澈得像一面镜子
仿佛少男少女的情怀
让你迷恋，又不知道
从哪儿开始

翠郊古民居

坐落在深山里，逃过战火
也逃过岁月的摧残
这座两百七十多年的老宅
至今还散发着青春气息
那神奇的格局和绝妙布局

还是这般完美、这般令人惊奇
让我的眼睛无法拒绝
那从清朝，从民国
一直传递下来的美

从厅堂到后院
从西厢到东楼
触摸着你沧桑历经的
房柱和窗户，就像触摸着
一卷清晰又朦胧的古诗词
让我激动又兴奋
我知道，对于你
我不过是匆匆的过客
但在我的心里，你已永恒

（以上 3 首选自《福建日报》2018 年 5 月 20 日）

母亲·琴桥

母亲，站在溪边
水声恍惚，琴桥千古
春天刚开始，一切都还年轻
母亲还是少女
踮着脚，望前程似锦，小野花
沿着溪边蹦蹦跳跳

琴桥，仍在
母亲已经作古多年
她捣衣的石头，仍在
我轻轻抚摸，虽然冬天
但依然温暖
新一轮春天即将来临，我也不再年轻
风吹过来，我强烈地想念
年轻时代的母亲，怀着少女的心事
在这座琴桥上，一步一步
水花溅湿她不谙世事的心里

我在摁着我的心跳

你说，你要来这座小城
你说，你要来见中年的我
我想，即使你带一团火来
我也要像寒冷摁住流水一样
让自己凝固，结冰，你若执意踩踏
我就裂给你看。却怎么也想不到

你电话中的几句问候、几声言谈

居然有着春风吹拂花蕾的感觉

哗啦啦地让我开成一大片的七彩

但我必须摁住此刻的心跳

哪怕已经分别了三十年

哪怕一想起青春的记忆

依然幸福的像一位新娘

我也必须摁住我的心跳

因为我知道，人不能挽救过去

最需珍惜的，是现在和未来

（以上 2 首选自《福建文学》2019 年第 12 期）

又见油桐林

我又一次看见那油桐林

那片开花的油桐林

在绿色的山峦间，犹如

一片栖落的白云

那是一树一树的怀抱

那是一簇一簇的相拥

那是一朵一朵的舞蹈

白得炫目，美得揪心

从三月底到五月初

一朵花走完短暂一生

然后无声飘落，纷飞似雪

我们不必痛惜，今年走了的

明年依旧还会回来

一样的枝头，一样的绽放

只是这一朵

或许已不是那一朵

就像那个少小离家

老大回的人

岁月早已漂白他的头发

流浪半生的人啊

站在故乡的山坡上

脚下突然就生了根

恍惚间分不清哪棵是油桐

哪个是自己

（选自《江南诗》2021 年第 6 期）

作 者 简 介

叶瑞红，女，1969 年生，福鼎人。福建省作家协会会员。作品见《福建文学》《福建日报》等。著有诗集《红叶》。

后后井诗选

石　头

把石头抱进摇篮
那一夜
我摇了一年也未让她入睡
过了十年
你们仍然不知道
我用一百年
都无法替谁哭泣一回
一千年里
每每想起此事
我就会苦笑着
从另一块石头上
翻身下来

借　助

一张梯子在月亮边上
中间是我的腰，是风雨飘摇中
隐隐作痛的柔软

有时弯曲着它

是在往上爬

有时挺直着往下滑

更多时候，把自己横成桥

桥下有床和流水

如果还有爱情

她肯定会喧嚷不停

直到这个夜晚

这个身子

啪的一声断成两端

（以上 2 首选自《福建优秀文学 70 年精选·诗歌卷》，海峡文艺出版社 2020 年出版）

眼　镜

配上眼镜第一天

看到院子里一朵茶花上

一颗露珠

掉到半空时分开两半

像一只透明的小鸟

展开了翅膀

以前就是下大雨

也看不到雨滴

被淋湿时

我选择举起双手

衣服拉到头上盖起来

像只蜷缩着翅膀
不会飞的鸟
只会跑
在没有雨滴的雨中奔跑

雾

人往高处走。但这分明是
周围几十个村庄中
最高的村庄

在峭顶村，只有走不动的房屋和老人
只有雾和来看雾的人
使村庄有了主人和客人

偶尔有来这里看望老人的
也是从雾中走出来
他们面目模糊
村庄看不清他们
也看不清楚
更远一点的人和事。更近一点
一个手持镰刀在雾中行走的女人
我只能相信，她是去收割
这大片大片的雾

晚　霞

亲人们把爷爷的旧衣服

拐杖和一些书

架在火上烧

二嫂子拿出给爷爷买的新衣服

放到火堆里

她说老人在那边过年

也要穿体面点

火一直在燃

木头们没什么可烧时

就烧着天空

清烟里

晚霞是一床新被子

它再低一点就能盖在

这堆灰烬上

塑　造

塑造一个屠夫

是让他卖给我的肉便宜点

他就住在我隔壁

他经常让人觉得占到了便宜

称一块值 30 元钱的肉

顺手再割一条牙签大小的给你

然后告诉你 40

有次我跟他讲

你再这样以后就不要宰猪了

他瞪眼睛朝我吼

那就宰人

我想我塑造了一个

真正的屠夫

或者吼着要杀人的屠夫

（以上 4 首选自《浙江诗人》，上海文艺出版社 2022 年出版）

作 者 简 介 ────────────────────

　　后后井，本名郑颂，男，1967 年生，屏南人。诗歌见《新世纪诗典》《中国诗歌》《闽派诗歌》等。

刘嘉雯诗选

给 我

给我远方，可以柳暗花明
给我月光，照亮你眉眼如画
给我庭院，吹花嚼蕊，素心听竹
给我一粒种子，囤了一个四季的情话
着急长出绿芽
再给我一个你，琴瑟在御
供我一生流浪
有枝可栖

借

听说
写诗这件事，不能明修栈道
想你也是
一定要借着点什么，暗度陈仓
比如
把一滴墨藏进水里
是清白的
比如

书法的笔画

要一波三折

还要欲拒还迎

比如

左手写字，反着看书

都是天生

或者

把眼里长出的秋水

隐秘地摁回去

假装

一片月光的凋谢与你无关

（以上 2 首选自《福建日报》2022 年 5 月 13 日）

你不来，花不开

我撬开很多个夜与梦

梦里路途遥远

我忙着酝酿十里春花

忙着花汁入墨　给你写信

忙着等你来邂逅

你不必风尘仆仆

纵然信笺转黄

邮差已老

你只管来

你来了

花香的小手会妙笔生花
画一幅湖光山色
画一片茂林修竹
也把你和我　画进画里

凌　晨

睡前，她开了风扇
秋天，她将被子掖得更紧

尽管如此，她还是感觉脸
在持续发热，红肿

起身，借月，照镜
这么多年，她仍恐惧——

太阳，重要的会面

月光照得她脸银白
镜子深深，深不可测

她茫然得像刚被剪去脐带的婴儿
需要一声巴掌把喉咙里的啼哭拍出来

缩小的祖母

她仰望远方
像一根破旧的稻草
茕茕孑立着

安插在入冬的旷野
风很小
没有绕过她

曾几何时　她也意气风发
故意将假币放在路上
一本正经地捉弄过往的妯娌
把腰笑成一束成熟的麦穗

岁月还滴水不漏
风烛的晚年　日渐式微
风雨如晦的日子　月光再轻
也不能生长出多余的力气
为孙辈收揽起那些惊起的风霜

（以上3首选自《福建日报》2022年5月20日）

墨　农

在墨的江山里
他说，他只是耕农的人
墨落在纸上，像埋一粒种子
挤去多余的水分和人间烟火
盖上蓝天白云
提一壶清风耐心灌溉
提，按，顿，挫
起，承，转，合
一支笔，种一片自得其乐

一滴墨，长出一片屋檐

可看檐下雨成帘

檐下人闲，桂花落

在叩开柴扉之时

收割被桐花惊落的霜月

霍童溪畔

行云悠悠，霍童溪水轻拢慢捻，向何处

不可知……

我们讨论飘过来的云

云朵柔白，慵懒似撒娇小猫

我想起那年夫子在东门

累累如丧家之犬

同样视角，同样云

却又南辕北辙

我们漂泊

航往自身的隐秘

溪畔，芦荻风中频频点头

它们抱得那么深情、那么密不透风

又独自深远着

（以上 2 首选自《福建日报》2022 年 5 月 22 日）

作 者 简 介 ———

　　刘嘉雯，女，1993 年生，福安人。福建省作家协会会员。
诗歌见《福建文学》《福建日报》等。

苏盛蔚诗选

我不知道自己在说什么

我不知道自己在说什么

糊里糊涂丢失了一些东西

钥匙大概也丢了

这辈子把自己锁在一座空城

饿死那些蟑螂

女人见了就跳脚的蟑螂

把一摞誓言送往北方

让她明白男人诺言的轻浮

如此她会说：海边的鱼永远没有翅膀

而在男人肩膀上依靠好比在挥霍的天空

肆意飞

所以，所以，语言美丽

如梦似幻，女人便后退，退出一个方湖

那才是诗人的澡池

她窥视却不萌动春心

黑凤凰

一些夜燃烧成凤凰

黑色的死鸟

死有魔力，人们再次说

沉静是力

你万万不可和自己说谜语

但是空也有城

留白谁来填补

春天会遇见一个女人，会飞翔

当然，意思是

把它和自己绑起来，仍然会跑

证明书已盖印

没有其他鱼，在路上的只有孤独

凤凰啊

假如黑色代表死，你会永远

住在太阳岛吗？你说

要有光

一座城

遇见一朵花儿

好像非得在年少，成年是错

所以我不再用花语

迷惑一些问柳的同行

我知道

他们的豪宅在绿茵深处，所以用

你树枝的触角去触摸

一些娇娇永远没有穿外衣

因为美丽

所以弟弟你爱她

所以你也欲火焚身

我不再想遇见一朵花，而是想

成为一座城

花径抵达的城

（以上 3 首选自《福建文学》2019 年第 9 期）

作 者 简 介

　　苏盛蔚，男，1989 年生，霞浦人。福建省作家协会会员。
诗歌见《福建文学》《福建日报》等。

肖许福诗选

白鹿原

村口的老槐树俯下身来
望着这一群白鹿原的闯入者
一位老者佝偻的身影
坐在旧年的门槛
头顶一片民国的天空
那年的风瘦成一条绳索
勒紧塬上农民的腰

戏台下的石狮吼出的秦腔
从麦田流淌过
一只野性的母鹿曾诱惑村里后生
她那尖锐的麦锋
刺破内心的幸福与恐慌
一阵风雨之后
落下满地未成熟的樱桃

六十年一甲子就像一本老黄历
弹指间翻过村广场
还摆放着石碾　石磨

灌满一簇簇期待

磨出甘甜而浓香的日子

（选自《星星》2017 年 10 月）

深秋，在轩辕谷

深秋　抖落身上的尘埃和烦忧

欢快鸟鸣声牵着我们的脚步

走进黄陵轩辕谷　倾听地心的胎动

追溯生命之河清澈的源头

一阵阵幽香袭来　找到你

是过往的蜜蜂泄露你的行踪

我的皮肤被锯齿状的草叶

割破一个口子

一股鲜红的血液私奔

幸亏有你两片樱桃的唇

止住汩汩流淌的思念

我已经在轩辕谷筑好巢穴

和你一起倾听时钟走过的声音

盼一场铺天盖地的大雪

染白青丝

你是山谷里的一汪喊泉

太阳升得很高　旁边没有一丝云

苍鹰从你的眼眸掠过

嘶鸣出一声声泣血的呼唤

天空的焦渴无边无际

你是隐藏在山谷里的一汪喊泉

泉水的涌动是暗自的

在春天　任何生物都蠢蠢欲动

只是你的心里多一道栅栏的禁锢

找不到倾泻的理由和出口

我是一股秦岭以南迟来的风

呐喊声比别人多一份恒久

音量提高到 100 分贝

喊声里撕扯出孤独　终于

迸射出你的渴望

让一群蓬勃的生命破土而出……

（以上 2 首选自《绿风》2018 年第 1 期）

剪一幅黄河滩上打枣的甜蜜

村里的巧婆姨

剪一幅黄河滩上打枣的甜蜜

剪一对春的翅膀，贴在窗户上

震撼人心的腰鼓声

裸露出黄土地的真诚

高亢的民谣撕扯我的耳膜

牵绊我的脚步，余音

丰满在每一寸阳光憩息地

山塬上割麦人曾滴下的汗珠
又在地里长出绿油油的愿望
用红高粱的热情发酵
酿成火红的日子
捧起沾满泥土芳香的粗陶碗
喝尽了喜悦
沿着山丹丹幻想的根须
枝叶托起新一轮红晕

枝头上挂着最后一枚眺望

寒风把最后的一声虫鸣攥进洞穴
枝头上还挂着最后一枚眺望
红彤彤的心跳
给我苍凉的旧皮袄
打上一道靓丽的补丁

那一尾鲤鱼肯定因为贪玩
误了跳龙门　用脊背拱起秦岭
堵住你的眼眉
夜晚我的影子把云梯　搬来搬去
企图攀爬到你的梦中

挤一滴桂花的泪
去勾兑嫦娥的相思酒
我只想用前世不知疲惫的脚步
去邂逅你今生的芬芳

作者简介

肖许福，笔名残雪消融，男，1963年生，周宁人。陕西省作家协会会员。诗歌散见《星星》《诗选刊》《绿风》《中国诗歌》等。著有诗集《等一壶江南春晓》。

张亦舒诗选

第十八个春

倒春寒，像极了我灯下苦读的青春
推开黑夜里的窗
杨柳的絮语就在耳畔
我闻到了晨曦的芳香
一秒钟，绿意能漫上褶皱的课本
快意的涟漪从眼底泛起

有个梦，注定要被春雪覆盖
生命的河流就要拐弯
那一季，我头顶上的星空
闪耀着所有追梦者曾经的芳华
我仰望，我俯首，我寻觅
原来，那颗雪藏了十八年的种子
就在我含笑的泪珠里
听呀，我要破土而出，临风而歌
这是我的第十八个春天呀
寒流裹挟着百花绽放的力量

（选自《古田诗歌读本》，海峡文艺出版社 2020 年出版）

三都·波痕

三都澳，宁静的港湾
清脆的鞭炮声响起
村民们盛装而出，欢送
数千万的小鱼儿集体搬家
从池塘去往蔚蓝的新居
龙吹箫，蟹打鼓
青蛙抬轿池边舞
儿童们一路奔跑，一路歌谣
连家渔民从水面搬到陆地
叫"造福搬迁"
鱼苗们从池塘搬到海里
叫"增殖放流"
呵，驻村的大学生知道得真多
他说村庄也是一所大学
在这里，他像黄瓜鱼游弋于四季
像鸟儿飞过天空，不留痕迹
每一个晨昏的潮涨潮落
总是让人更加从容淡定
这一刻，我看见白海豚在水中击掌
我听见红树林在岸上欢呼
我感觉到另一个我
正推着我加快步伐前行

德令哈，十个姐姐开花

海子，你是德令哈的牧人
你写下的日记，十个姐姐用来歌唱

你种下的诗行，全部开花

牛羊咀嚼你的诗句，膘肥体壮，奔跑撒欢

海子，今夜我也来到德令哈，夜色笼罩

我要朝拜你的戈壁，朝拜雨水中曾经的荒凉

我用你的诗行浇灌了整个草原

青稞也流下了泪滴

看到了吗？十个姐姐全部开花

开在你种下的诗行

姐姐与诗，在青稞地里互相拥抱

如同你在她们中间

海子，今夜我替你守候美丽的戈壁

我细数你数过的石头

我抒写你眼睑上的点点抒情

草原尽头，我用双手捧起满满的欢笑

捧起今夜德令哈的每一缕呼吸

不管你是路过还是要居住在这里

德令哈已经宣告，你是唯一的贵宾

十个姐姐全部开花，给你最初的抒情

海子，我在德令哈写下的日记

要托满天硕大的繁星，捎给你

附上十个姐姐的欢笑，全都给你

你是德令哈今夜的唯一

今夜，我不关心别的，我只想你

（以上 2 首选自《解放军报》2019 年 9 月 16 日）

这样一个时代

丛生的海潮追逐着黎明

航船，把晨风惊醒

蔚蓝无际，微波泛起

存续了亿万年时间的端口

静默的倒影，零乱了声声汽笛

蓝色的骨血再不会被啜饮

飞鸟衔起细碎的浪花

每一次的亲密，都是人与自然的共情

祖母、故乡，还有渔家小孩藏在潮汐中的秘密

这样一个时代

纤绳的两端拴着碧海蓝天和万千个生命

一方水土与一方人，用水的柔情维系

从前靠海吃海，如今护海养海

彩虹色的房子让每一个海的儿女诗意栖居

文明的浪潮和蔚蓝的波涛，共振同频

这样一个时代

一朵浪花勇立潮头不败

因为她有蔚蓝的梦想

大海，是梦的故乡

（选自《碧海圆梦》，海峡文艺出版社 2020 年出版）

作者简介

　　张亦舒，女，2001 年生，古田人。福建省作家协会会员。诗歌见《中国作家》《解放军报》《浙江诗人》等。组诗《闽东乡村叙事》获福建省"点赞，我的祖国"征文二等奖。

张炜玲诗选

春天，也是一生

耐心地
男人劈柴，码放整齐，一根一根
女人去田里采鼠菊草，一根一根地采
带回家里，挑去杂物，清洗，加上米
做成一块一块圆圆的草饼吃
这是春天，这是我见到的乡亲

耐心地
他们生娃，一代接上一代
他们和村庄的土地，和植物们、动物们
结成相知的朋友
一生的朋友
会相对着欢喜，也会相对着掉泪
这是他们紧巴的一生
却知道太阳和月亮升落的一生

白蝴蝶

它首先会飞

因为长全了自己的翅膀
它飞出了梁山伯与祝英台的悲剧
阳光灿烂
白蝴蝶飞起来
它飞向洁白的自由
纯真、无瑕
青青的草地，是它唯一争取的舞台
接住它身体的全部重量

错过的事物

谁把花苞结了，开了，又谢了
谁在方寸之地一直徘徊

我应答不出你要的答案
仿佛春天就错过了

我手中握着的致歉信
越来越凉
已经投递不进温暖的邮箱
春天也没有地址

眼镜与青草的距离

离不开眼镜
它帮助越来越多模糊的人影
清晰地进入我脑海
它帮助一个一个字眼
活灵活现地

解释出它们所被赋予的
更多意义

但是很多时候
我不能接受一副眼镜
改变我视物的效果

那是我的身体
和我所视之物的距离
莫名地
坚持着一种原生的状态
恳切，而执着
像悬崖上长着的一株青草

春天来过高岗

杜鹃花是一座山的宾客
如约而至
又兴尽而归
归到泥土深处去

它不必见古人
它不必见来者
它只寻见光影深处的它
站到灵魂深处的
那个方向

（以上 5 首选自《诗潮》2022 年第 8 期）

一个早晨

我不会停留在这个早晨的风中
我翻过这个早晨
和风
而不是翻过一座山

我到达
像歌声一样到达
空气中
起了一层波浪
在力量的末端我莫名地
流了泪

透明的真理

把那叫作虚幻的东西都倾倒到
我的怀里
好让我对着虚幻
相信那些都是一个女人切实怀胎十月
分娩下来的孩子
人们不敢不信一个母亲的真实
也不敢
不信一个孩子的真实
我的那些脐带
同样在说明着来龙去脉
我也是虚幻的
我可以肯定

自己发现了一个真理的透明

我情愿为此燃烧

或者喝一点酒

（以上 2 首选自《台港文学选刊》2022 年第 3 期）

作 者 简 介

张炜玲，女，1975 年生，古田人。福建省作家协会会员。作品见《台港文学选刊》《福建日报》等。首届福建文学新人研修班、新时代福建诗歌创作高研班学员。

张彩霞诗选

父亲让我骑月亮回家

我是棵茂盛的黄花梨树
花朵和树叶被深秋的寒风刮走了
珍珠鸟向天空悲鸣一声
也另择高枝，果实腐烂在地上
树干剩下皱皱的树瘤
裂着血红色的伤口
灌满岁月沧桑

黑夜里，我用颤抖的双手
把幽暗的天空凿一个洞
急切地钻进洞里
寻找天上的父亲，像小时候一样
在他怀里大声地喊疼
父亲红着眼眶，长满老茧的手指
轻轻梳理我凌乱的头发
抱我坐在用星星编织的秋千上摇荡
父亲让我骑月亮回家
他说月亮是他买的橡皮擦
可以擦掉我想擦掉的一切

六月菊

六月菊甘心枯萎的理由
是凤尾蝶曾经留驻在花蕊
虽然含泪的花瓣会因为
凤尾蝶的离去震颤不已
但当夜雾在晨光中散尽
六月菊把离别扬成雪花
春花，夏蝉，秋月，冬雪
爱就有了一个完整的轮回

把离别写成一封信投进火盆
化作跳动的火焰
点燃夜晚这根长长的烟花
将离别画成一轮暖阳
缓缓升起在湖面
拖曳一道光晕
将离别染成一抹晚霞
挂在天边，宛如一枚朱砂红唇印
把曾经的爱尘封在天上的宫阙

(以上 2 首选自《诗歌月刊》2022 年第 8 期)

作者简介

张彩霞，女，1979 年生，周宁人。福建省作家协会会员。
诗歌见《福建日报》《中国诗歌》《绿风》等。

阿曼诗选

一个人的聊斋

乘着这深秋的萧杀，这暮晚的寂静

这久无人居的村落，还有这少有人走的巷陌

我们一起演一回聊斋好不好

我是那只顽皮有余，却又情深似海的狐

我先变作一棵草，一棵狗尾巴草

在你困得打盹的时候，用毛茸茸的枝条

在你鼻梁上来回地挠，让你气急又懊恼

然后变成一棵树，在你睡着的一夜之间疯长

让你一出门，就在树干上撞一个包

我还会在你常走的路上拐弯、驻足

然后绕到你的身后，在你的背上写写画画

写的是前世的文，也可能是来生的字

总之我究竟写了什么，你费尽心思也猜不着

你就那样呆呆地思考，呆呆地前行

呆呆地走走又停停，呆呆地爱上我给的难题

爱上我若有若无的身影，忽快忽慢的脚步

剧终，离散。你悄悄失落，渐渐遗忘

忘掉这情多情少、缘起缘灭的虚构

而我明知天不会荒，地也不会老

还依然固执地守着这若即若离的邂逅
如梦如幻的虚空。忧伤，一直到终老

鱼二章

1
叫我鱼吧
别呼我的姓名。更不要叫我老师
我要像鱼一样在水里呼吸、玩耍
随心所欲地小憩，或者酣眠
你若再提那些家事、国事、天下事
我就像鱼一样对你翻白眼

2
据说鱼的记忆只有七秒。那么
前一个七秒，我爱过谁
而现在的你，是我的旧爱还是新欢
这些又有什么重要
我只希望以鱼的方式来谈一场恋爱
七秒钟之后，相忘于江湖

（以上2首选自《福建优秀文学70年精选·诗歌卷》，海峡文艺出版社2020年出版）

渡　口

那么多迷恋你的人
来了。又走了

我是你最后的靠近者
白昼一点一点退去
暮色渐渐把你覆盖
你，悄然收敛了一切
你把山峦和树影拥在波心
把微风吹起的荡漾拥在波心
把向晚的静谧，也拥于波心
而你，整个儿都是我的
连同你搁浅的船
我也准备慢慢划着
听一路桨声与蝉鸣。去打捞
水里的月亮和星星

炊　烟

鸡叫三遍，阁楼上的木窗
一个接一个地打开
村庄在鸡鸣声中醒来
又一天的炊烟升起了
炊烟之下，食物连同温暖
从灶台，抵达家人的肠胃
溪边的衣裳，被一下一下捶打
被捶打的光阴，跟着溪水流逝
暮色之下，收好晾晒的衣物
收拾好最后一块碗碟
木窗里的灯火，就亮了
村庄的夜晚，有水声、蛙声，也有蝉鸣
孩子与疲惫的归人，安然入睡
日复一日，年复一年

谁在炊烟里，青丝变白头

我的蓝天白云

这里的天好蓝
我要裁一角下来做我的长裙
再让柔和的风吹吹裙裾
那些云朵，为什么那么白
我一低头，它们就在水里
我要把最白的那朵捞起来，带在身边
风是轻的，树是绿的，天是蓝的
云是白的。而你，是属于我的
别问我为什么一直看云朵
因为我抬头时，你就在云端
云朵之下，我喜欢静默无语
也喜欢对着它轻轻诉说
说收获、说过冬的细节，也说思念
好吧，你们要走就走
我决定把心留下
和这儿的云朵谈一场恋爱，不离不弃

以茶的方式与你遇见

千行之绿的茶园
我迷失了方向
无数次在纵横的阡陌间
被打回原道
我疑心这样来来回回地走
会通身变绿，长出枝叶

255

衣袖与裙裾，也弥漫茶香

然后以茶的方式与你遇见

比如，在那家天山茶社

你一道一道地将我品尝。说

这茶像我熟悉的一个女子

此时，我在杯中窃喜

你若佯装一无所知

我就变作升腾的热气

绕到你耳畔，轻轻地说

公子要走，就请便

（以上 4 首选自《中国青年作家年鉴·2017—2018 诗歌卷》，吉林文史出版社 2019 年出版）

作 者 简 介

阿曼，本名陈曼远，女，1973 年生，屏南人。福建省作家协会会员。诗歌见《星星》《诗歌月刊》《中国诗歌》等。著有散文集《青苔细语》。

陈明兰诗选

故　乡

故乡于我是一扇沉重的铁门
锁上锈迹斑斑
时光是那把缺角的钥匙
总是拧不开乡情

故乡的羽翼孵化出我的才情
捧一把泥土沾一叠落叶
从此我的文字仿佛是指南针
朝着故乡的方向
磁性相吸

今夜读有关故乡的诗歌
我的乡愁是一道屏风
转过千山万水
绿篱静默　蜻蜓起舞

我是个耽于说故乡的人
踩着它的影子

踩成一道光影

桥

晨曦，被一粒鸟鸣嗑破
秋风，按兵不动
一根扁担挑起四季的书籍
流溢的光辉
泛成少年与老者的身影

穿过某村，溪水张皇失措
那座桥，有太多的魅惑
隐秘的果园把传说卷进核内
不许打下生死符

我紧紧地跟上父亲的步伐
紧紧地
最终我从梦里惊醒
父亲依旧在穿过那条幽深的桥
依旧……

碎

父亲在承受着病魔
他不知道是谁掏空了自己
时光、流水、青丝、白发……
——叫嚣

父亲从呻吟中拔出别针

拨出一串串密码，别在黑夜中

身影蜷缩，床板蜷缩

蜷缩的光阴

我怎么也扶不直

（以上 3 首选自《同安文艺优秀作品选诗歌卷》，厦门大学出版社 2020 年出版）

作 者 简 介

陈明兰，女，1975 年生，周宁人。中国诗歌学会会员，福建省作家协会会员。著有诗集《梦里天涯》《漆天下玫瑰》。

林小耳诗选

寻梅记

就快消隐不见了
红颜敷土，香气渗入
穿梭在一片梅林
我按捺住哀伤和恐慌
不过才几日
别人镜头里的绚烂已残败
太过盛大的美
带来太过惊心的憾
总归是这样的
我也曾是你掌心的雪
是你耳畔的春溪流淌
你曾为我带来双目桃花
只一眼，就铺满十里春光

（选自《2018年中国新诗日历》，江西高校出版社2018年出版）

镜　子

始终怀疑这是人间最大的幻术

镜中那张脸是如何日渐变了模样
平滑的镜面并没有岁月留下的皱褶
它静默着，配合她说着谎言
和粉底、口红、睫毛膏倾力撑持住
一幅不断褪色的美人图
镜中人走出来
还是眼似水波眉如黛
仿佛风霜从未将她侵袭
她的美仍是人们津津乐道的话题
美人如玉呵
玉是多么易碎的东西
镜子也是

盘　扣

对一切古旧的事物保持迷恋
比如盘扣，每一件华裳点睛的存在
蝴蝶扣、蓓蕾扣、缠丝扣、镂花扣……
纷繁的样式，指尖开出的花
每一个纽结缠绕牵绊
绣进多少匠心
每系上一粒，就听见一声光阴的嘀嗒
如今，恋旧的人依然爱着旧时衣
旗袍上的盘扣错落有致
有着更精致的模样
指尖轻轻划过它
然后伸向背后的拉链
哗啦一下，美好的身体被装入
告别再也不能回返的慢时光

261

云气诗滩

这里的石头一直醒着

数头顶的流云，也数身旁霍童溪里的

牵住风，对它诉说一个送别故事

故事很老，渡口的记忆已模糊

远行的身影与离人的泪眼

斑驳了一块石头的胸膛

我的指尖，这一刻替代时光抚摸它

那些刻痕蜿蜒出的诗行

无声的叫喊，在今天

终于有了回应

更多崭新的诗句将诞生在石滩

乌猪石，浣诗滩

嘹亮的名字长出飞翔的翅膀

一首诗就是一片云，在霍童溪水中荡涤

那是小村庄久久不歇的，一口气

（以上 3 首选自《作品》2022 年第 4 期）

作者简介

林小耳，本名林芳，女，1976 年生，蕉城人。福建省作家协会会员。作品见《人民文学》《诗选刊》《星星》《扬子江》《读者》等。

林宜松诗选

故　居

光线从百出的漏洞射进来
窗棂后挂着蛛丝
主人不知去了哪里
网上粘住的蚊子，被风干

屋后的竹林有鸟在鸣叫
有雾开始升起

无人居住的屋檐
青苔是它老去的胡子

青石断桥

坚持了多年
青石桥终于忍受不了孤独
断了

那一日，我体内的青石桥
整夜仰望星辰，倾听流水

它的绝望在于
无论孤独多么阔大
无论如何忍受不了
作为一座形而上的桥
永远都断不了

落　叶

风把落叶吹到地面
又吹进流水

枝头是它越来越远的故乡

鹰

老去的鹰终究跌落到地上
虚脱在暮色苍茫中

蚂蚁一口一口
咬到白云的味道

北风吹

入夜后，北风吹过
一夜北风吹，北风一整夜
在我的窗外呼叫着

路面一干二净，了无牵挂
北风使劲地吹

北风之上是星空

雪线之上

皑皑白雪，终年覆盖
像谁的誓言旦旦，永不融化

你依然是我的悬崖
风，猛烈地吹
谁在顽强抵抗
寒冷是时间的主题
这纷纷扰扰的世界，布满辛酸

厚厚的雪层和闪亮的冰面下
熔浆的火焰在呼呼地燃烧

途经冬天的渡口

渡口，苍茫
落叶，四处乱飞
载得动轻舟，载得动
两岸群山的倒影，却载不动
你幽怨的眼神

水中的礁石
一次又一次地被淹没

随舟远行，帆上之风
倾尽一生，我注定

不是过客，也不是归人

（以上 7 首选自《福建文学》2019 年第 11 期）

打 滑

窗外，寂静无边
喧嚣已经滑入深渊，波澜不兴
你看见，群星在打滑，掉进夜的窟窿里
一阵阵横冲直撞的风，在打滑
消失在时间破裂的缝隙中
尘埃四处飞扬，在空中打滑之后
又纷纷落到伤痕累累的路上，而路像蛇一样
迅速滑入山坡后面的草丛中

当鸟儿收起翅膀，连飞翔
也在打滑，在树杈间摇摇晃晃的巢内
打滑着一个个不曾
站稳的梦

（选自《江南诗》2021 年第 6 期）

作者简介

林宜松，男，1972 年生，福鼎人。福建省作家协会会员。
诗歌见《诗歌月刊》《福建文学》等。

迪夫诗选

鼎文化公园的大鼎

我一直在研究福鼎小城的身世
并略有进展
安放于桐江溪边的铁鼎
沉重而安静

这口巨大的鼎
扛着上空的强光、雨水和虚幻
只用了很少的一点力
就像舞蹈的女人、漫步的中年男人
跑动的孩童和狗
水里的放生鱼
和江心的飞鸟
也很从容

山外的云飘到这儿会慢下来
上游的来水汹涌
但这会儿很平静
有人想顺着大鼎的外壁爬到顶部
被一个老者劝住

（选自《福建文学》2020 年第 5 期）

一些事情更为明了或越加模糊

时至今日，水落石出的事多起来
很多人露出白骨，也有人化为雾气
沉默的，依然沉默
但身体抽搐了三下，总算表了个态
一生鸣唱的鸟，忽然嘶哑，可能看到了断肠物
几十年前寄出的情书，上个月收到回复
少女的芳香还在。这岁数，看到石头变作水
椅子突然垮散，天空多出灰，或云彩
都不要惊心
只有家乡人知道，我的底牌或命在哪儿
从这个巷口进入，再从那个门出来
是两个不同的人

天　空

我仰望天空，比如傍晚
此刻天空也会往下看
它收拢胸脯，而脸孔模糊
我因之有了往上的浮动感
树木、楼宇、烟囱、远近的田野也都引颈
向上，望去
我眼里的天空和一棵树没什么不同
天空看到的是石头和水、沉寂或移动的风中之物
作为人，天空不认识
它不了解我此刻的愁绪
但洞悉我的计划

它盲目，又鲁莽

大地之上可有先知

绝无

（以上 2 首选自《诗潮》2020 年第 10 期）

　　迪夫，本名李一农，男，1961 年生，江苏人，长期工作于宁德核电公司。福建省作家协会会员。诗歌见《诗刊》《星星》《作品》《青年文学》《福建文学》等。

郑惠芳诗选

最美的身影

那一刻
时光开始定格
肆虐的台风
咆哮的河水
吞噬了英姿
氤氲的云层翻开朴素的语言
留下片刻之语
雨水因此而无情地前行
来场与誓言较量

你走了
带着最美的身影走了
你可知道有多少亲人盼你回家
回到你亲手扶持的家园
完成你未完成的事业
明媚的明天多么需要你再创辉煌
古老的村庄多么需要你成为人间天堂

真实的空气

如你的真心真情

群众的主心骨请走得慢些吧

多少送行的眼泪沾满心田

地上的草儿为你深情地鞠躬

连顽皮的孩子真挚地为你献上鲜花

千万里的送别没有归期

你是古县村的"阿美书记"

因此也成了县城55万人口的"阿美书记"

八闽大地的好女儿

今夜

幸福的灯盏传递幸福的眼神

你最美的身影

如铜铃般照亮乡村的每个角落

巡视人间的黑与白

(选自《留在村庄的名字》，海峡文艺出版社2021年出版)

郑惠芳，女，1971年生，霞浦人。福建省作家协会会员。作品见《诗刊》"福建古建筑丛书"等。

袁文斌诗选

在柘荣，诞下一千种诗草

此时不酝酿，将永远错过
深秋季节
众多生灵，温润山城
落笔时升起一千朵祥云
在这里，秋晨鸟鸣
长眠梦乡的人开始苏醒

如果你不来
我的身份便是旅者
造访似乎是一闪而过的念头
明空静野
九龙井一碧如洗的河石
鸳鸯草场上的星轨与日出
都让人心生纯净

柳树和宽筋藤互相缠绕
成为挚友
蒲公英随风飞舞
落地生根者是有意

留下的痕迹，衍生的情节
在一个微醺的早晨变成美景

在柘荣，我诞下一千种诗草
栀子、麦冬、厚朴、黄柏
山茱萸、柘树……
这些都是适合生长的道地药材
小桥流水冲走飘零落叶
停下脚步时
须臾寸草就是泊心小院

来到这里，一切都是新的
从狮子岭到聚仙亭
空灵的仙谷化解心中的城堡
越走越低的村庄
让四处游走的高级思想者
俯首成为尘土

(选自《清新柘荣》，海峡书局 2021 年出版)

作者简介

　　袁文斌，男，1971 年生，柘荣人。宁德市作家协会会员。诗歌见《诗选刊》《诗歌月刊》《海峡诗人》《散文诗》《福建文学》等。

黄维文诗选

山　路

我曾经答应过要和你
一起走上那条美丽的山路
你说那坡上种满了新茶
还有细密撩人的相思树

我记得短发下的一双眼
穿过那个遥远的春日下午
山路蜿蜒而盘绕
由人间烟火通向白云生处

若你飘然的倩影远了
山可作背景而阐释缘遇
只有辽阔峰峦点点繁星
或可亮出你的俏丽与脱俗

山花烂漫飘香的时节
山路才是爱侣坚实的依据

贝　壳

浪花托出身后的世界
为艺术做了永恒的展示

躯体分化　灵魂升华
成就了万里童心不朽的精致

俯察世间多少活动的物体
终需回归海的一个原始梦呓

用自身的涅槃　敢为天下
唤醒灵长类的万万岁

由来随缘　归去来兮
从不自诩什么前生今世

但凡有一段生命的旅程
就腐蚀不了永恒的记忆

香　菇

故乡几十年的风云
执着地演泽了
我几千年的野性历史
芳名如故　穿超时空

一顶圆斗笠

厚重过生命的无数岁月
坚强的泥腿子
让田园开放森林的珍华

从此我被请出上林苑
驻进寻常百姓之家
将我纯香滋润的基因
绵延至海角天涯

斑斓着梦幻般的生活
我已无怨无悔
闻我之香　品我至味
我已是不朽了

（以上3首选自《古田诗歌读本》，海峡文艺出版社2020年出版）

作者简介

  黄维文，男，1963年生，古田人。福建省作家协会会员。
诗歌见《福建文学》。著有诗集《空谷回音》。

游若昕诗选

树

我们家楼下
有两棵树
一棵是去年
我从桃花岛带回来种的
已经长大
还有一棵是去年的
梦中种的
也长大了

公交车上的空位

公交车上
很挤
一个小伙子
把座位
让给了
一位老奶奶
老奶奶不坐
于是

那个空位

就一直空着

阳光照在上面

充满了神圣感

（以上 2 首选自《诗歌月刊》2018 年第 6 期）

监　控

我们班

装了监控

一开始

很多人

都很不自在

现在

我们一进班级

就会对着

监控敬礼

嘴里说

胡老师好

或

郑老师好

冠　军

我是精子

在妈妈的肚子里

和别的精子们赛跑

我奋力奔跑

278

第一个
到达终点
成了冠军
如果我不跑
快点
如果我不是
冠军
这世上
就没有我了

（以上 2 首选自《青春》2018 年第 8 期）

语　言

以前过年
家里有两种语言
普通话
和方言
现在
爷爷奶奶走了
过年
家里只有
普通话了
将来
我长大了
过年
家里又有两种语言
普通话
和英语

（选自《作品》2020 年第 10 期）

年 味

快过年了
年的味道重了
年的味道
是年糕的味道
是鞭炮的烟的味道
和噪音的味道
是我写的春联的墨水的味道
是红包里的压岁钱的味道
是我和哥哥玩耍的味道
是大家互相拜年的味道
是爷爷做的饭的味道
是奶奶啰嗦的味道
是我长大的味道
是爸爸妈妈变老的味道
是外太公望着天空
看着外太婆灵魂的
孤独的味道

（选自《诗潮》2021 年第 2 期）

与众不同

我的脑门上
有一个胎记
这个胎记
和别人的不大一样

它随着我年龄的变化

而变化

过去

它是一个

婴儿

现在

它是一个

月亮

有的时候

它还会是

别的什么

它还会随着

我的心情而变化

有的时候

突显

有的时候

隐忍

我想

或许正是

这个与生俱来的烙印

让我

如此

与众不同

(选自《诗潮》2022 年第 7 期)

作 者 简 介

游若昕，女，2006 年生，蕉城人。诗歌见《诗潮》《当代诗经》《新世纪诗典》等。著有诗集《冠军》。

蓝雨诗选

"曾厝里"的坚守

正午，温和的阳光正从海面升起
一座欧式建筑，把我们一级级地往上牵引
它似一座光明之城：自足，安逸，屹立于村庄之上

藤蔓布满石头阶梯，憨实的土墙映照着过往
一把生锈的铁锁锁住了木门
它以一种仁慈的面容，渗入缓慢、简朴的时光

"曾厝里"，耷拉着的门牌，我把它扶正
它留下的不只是一座空城，更是上个世纪的轮廓
由外向内，有石头的坚守

（选自《诗刊》2022年1月）

作者简介

蓝雨，本名曾金珠，女，1976年生，福鼎人。福建省作家协会会员。诗歌见《星星》《中国诗歌》《福建文学》等。

詹旋江诗选

微雨的黄昏

微雨的黄昏
你善睐的明眸
隐没在渡口
水天苍苍　一叶孤帆
飘荡着白蝶一般的忧伤
风吹过来　吹过来
吹来的隐约是你心跳的回响

告诉我在哪里的天空
可以拦截你放飞的眼波和思念
告诉我在哪里的水域
可以将你的青丝和雨丝揉合
告诉我在哪里的梦境
可以把你的背影和月色交融

当你的身影出现在彼岸
当你的歌声又消失在群岚
那就请你在断桥边等一等
让我为你最后撑一次伞

（选自《福建法治报》2018 年 8 月）

作者简介

　　詹旋江，男，1966 年生，周宁人。福建省作家协会会员。作品见《福建文学》《福建日报》等。著有诗文集《聆听星语》，文集《山居寻羽》，长篇小说《神算》。获全国第 10 届"中华颂"征文竞赛一等奖，福建省建党 90 周年征文赛一等奖等。

名家诗评

诗意当得山海助

◎李少君

我也曾在世界各地游历过，但每次到闽东，总有不一样的感觉。闽东的特点是山海交互相映，海边山谷绵延，岸上岩石嶙峋、犬牙交错，大海一望无际、浩浩淼淼，海中央点缀大岛小岛，星罗棋布，可谓气象磅礴、景象万千，构成一道独特绮丽的景观。

我对海并不陌生。我曾经在海南岛生活 20 多年，到过南海的 30 多个岛礁洲，也远到过印度洋、大西洋，行走过东西太平洋，照例说见过的海不计其数，也写过不少关于海的诗歌，但第一次到霞浦时，还是很冲动地写下了《霞浦的海》。

在《霞浦的海》一诗里，我顾名思义，将霞浦形容为"霞光的巢穴""霞光的渊薮"，霞光从此起飞，霞光从此出动，霞光从天边涌来，从海中跃出，织就满天锦绣。霞浦的海上有一座笔架山，像笔一样架在海中央，我感觉只要"取下架笔，蘸一点霞光"，就可写万千彩章。

确实，壮丽山河自然催发盎然诗意，美好景致必然助力生花妙笔。这样的事例数不胜数。

"挥毫当得江山助，不到潇湘岂有诗"，陆游这样形容过奇异的湖湘大地。我有一次到溆浦、洪江、沅陵一带游历时，这种感受特别强烈。溆浦最早出现在屈原的《涉江》一诗里："入溆浦余僔徊兮，迷不知吾所如。深林杳以冥冥兮，猿狖之所居。山峻高以蔽日兮，下幽晦以多雨。霰雪纷其无垠兮，云霏霏而承宇"。我相信，溆浦唤起了屈原的乡愁，这里与其故乡秭归的景色何其相似，我这样一个现代人，也能感觉到巫山云雨与溆浦云雾的同样迷离，这些，都是楚辞产生的诗意基础和心灵元素。所以，屈原最终在溆浦栖居多年，并在此达到了创作的高峰期。沅湘流域，沅芷澧兰，是屈原、陶渊明、刘禹锡、王昌龄、黄庭坚、杨慎、王阳明、沈从文等的诗意之地，留下过无数灿烂诗章。

"黄河落天走东海，万里写入胸怀间"，李白曾这样描述黄河。因为参与"从源头到大海"黄河之旅活动，我从黄河源头到贵德、兰州、永济、三门峡、郑州一路走下来，一路上看到了黄河的清澈、激情、曲折、汹涌、澎湃、咆哮与平静，看到了黄河的自由冲决、张扬恣肆与雄奇壮丽。我搜索关于黄河的诗歌，惊觉李白写过那么多关于黄河的诗歌，"黄河落天走东海，万里写入胸怀间""欲渡黄河冰塞川，将登太行雪满山""君不见，黄河之水天上来，奔流到海不复回""黄河西来决昆仑，咆哮万里触龙门""西岳峥嵘何壮哉！黄河如丝天际来""我浮黄河去京阙，挂席欲进波连山""且探虎穴向沙漠，鸣鞭走马凌黄河"……黄河的气势，已转化为李白性情和精神的一个部分，成为李白豪情万丈、激情四溢的源头。

"雪净胡天牧马还，月明羌笛戍楼间"，这是高适描述的边塞生活。盛唐的边塞诗是诗歌史上的一个典范。"明月出天山，苍茫云海间""大漠孤烟直，长河落日圆""黄河远上白云间，一片孤城万仞山。羌笛何须怨杨柳，春风不度玉门关""北风卷地白草折，胡天八月即飞雪。忽如一夜春风来，千树万树梨花开"等等，与之互相辉映的是一种浪漫情怀、英雄主义与理想主义。"青海长云暗雪山，孤城遥望玉门关。黄沙百战穿金甲，不破楼兰终不还""葡萄美酒夜光杯，欲饮琵琶马上催。醉卧沙场君莫笑，古来征战几人回""千里黄云白日曛，北风吹雁雪纷纷。莫愁前路无知己，天下谁人不识君""月黑雁飞高，单于夜遁逃。欲将轻骑逐，大雪满弓刀"……这些诗歌，构建出一个独特的让人耳目一新的新奇世界，和自由闲适、畅快淋漓的盛世景象，以及一个个雄伟瑰丽的美学景观。学术界甚至有一种观点：所谓诗歌的"盛唐气象"，其实主要是由边塞诗表现出来的。

相对于长江黄河、边塞西域乃至江南潇湘，大海在古典诗歌中似乎有些弱势。我在宁德霞浦、泉州和广州等地的一些典籍中也读到过一些："十里湾环一浦烟，山奇水秀两鲜妍""东澳归帆影片片，西屿渔歌鸥点点""白浪茫茫与海连，平沙浩浩四无边""旧山万仞青霞外，望见扶桑出东海""连天浪尽长鲸息，映日帆多宝舶来"等等。海洋诗歌总体经典不够多，这就给当代诗歌留出了新的空间与疆域。

21世纪是海洋世纪，人类的海上活动越来越多，海洋是人类生存发展的新舞台和新边疆。对于当代诗人来说，这是一个可以开拓的精神文化宝库，是汉语诗歌的新领域，是值得大力开采的深耕区和深海区。

闽东诗人较早地敏锐地注意到了这一点，闽东成为当代海洋诗歌的发祥地之一。新时代以来，闽东诗人更是高举海洋诗歌的旗帜，和诗刊社每年联合主办的中国海洋诗会，可谓一年一度海洋诗歌的盛会，而闽东诗人们也从中收获颇丰。从这本《诗耀闽东——新时代闽东诗群五年诗选》中，我欣喜地看到了海洋诗歌的新气象，比如汤养宗、叶玉琳、谢宜兴、刘伟雄及年轻一代诗人们的诗句："在盐田湾古渡口的山头上／四周是箭草与野杜鹃根部／发出的鸟鸣，更远处海潮在上涨／那里有白海豚爱嬉闹的水位／将连家船上的渔娘当成另一只迷人的海妖""银白色的鳍与背／终于再次拱出，仿佛谁／心有不甘地再转身与我见上一面／这回还发出那久违的豚音／孤绝，凛然，最高度／在世上，这声音已多年听不到／却一再在舞台上被人模仿／

苍茫大海上，浪水突然花开一般阵阵清香""大海就是要闪闪发亮／每个少年都值得春风眷顾""夜里，当波涛像一群追梦者／涌向这个彩色渔村／我知道，一部湛蓝的史籍／正交由大海的儿女徐徐开启""大海不说话，它的起伏／诞生了新的美学方式""无月的夜海是黛色的草原／渔火是一只只小小的流萤／官井洋黄金发酵的时候／它也只佩带这些未打磨的星星""海水从沙滩和搁浅的船上退下／岸边的木麻黄披着淡淡的霞光／海礁峭壁上的一些疙瘩，呈现／上一次风暴洗礼的痕迹／渔父从船中走出来……／福船一路高举浪花／驶出渔村／穿过暗礁，风暴和孤寂／直到与流亡的最后一批海岬相逢""只要海／将我展开如一面旗帜／给我一座白帆照耀的小岛／辽阔而悲伤。哦，我成了它们的居民""我最先迎来朝日的第一缕曙光／送走夕阳的最后一片暮色／期间有我众多的渔民兄弟踏浪出海／或放网捕捞，或围网养鱼／这片海域是我们赖以生存的疆域"……确实，海洋诗歌正在成为当代诗歌的一个广阔的新场域。闽东诗人怀着使命感，用心用情，尽心尽力，进行美的开疆拓土。

闽东的诗人们，那片海在等着我们，大朵的浪花在呼唤我们，这天地间的大美，等待我们去发现，这新时代的大诗，等待我们去写出！

一个地方的中国诗

——"闽东诗群"与汤养宗的突破

◎王光明

　　"一个地方"当然是无法与"中国"相提并论的。无论这"一个地方"有多大、多么重要，都无法体现当代中国诗歌的丰富性和多元性，也无法代表当代中国诗歌的高度和影响力。然而中国又的确是由许多地方组成，地方才是中国的血肉和情趣，因为地方才显得真实、生动，而且丰富。事实上是，泛论20世纪以来主潮消失后的中国诗歌，总难免有一种茫然感，但当你把许多特色鲜明的地方性写作接纳进来，例如雷平阳的云南之诗，潘维、朱朱、胡弦等人的江南之诗，包括吉狄马加、沈苇等人的西域和少数民族之诗，便不难发现21世纪中国诗歌取得的进展。

　　以"地方性"体现"中国性"，是21世纪中国诗歌的一个重要特色。而"闽东诗群"之所以值得谈论，就是由于这个地方不仅涌现了一个又一个的诗人，蔚为景观，也在于他们的写作，对现代汉语诗歌的当代发展，提供了启示。

一、共同与相通的"定力"

最早听到人谈论"闽东诗群",是 2007 年《诗刊》举办的"春天送你一首诗"活动。"我们这地方,诗写得好能当官"是地方干部的一句笑谈,却也道出了当地对"文人"才华的一种尊重。这和我听到的某经济发达地区另一个笑谈大异其趣:它也是一个写诗的"传说",不想后来见到那个传说的主人,求证到的却不是"段子"而是事实。因而这个事实是:一个写诗的官员被同僚告到上级领导那儿,"某某同志工作不务正业,经常写诗"。谁知这个上级领导并不糊涂:"哦,写诗嘛?总比你喜欢麻将好吧?"

现为宁德市辖区的不少"闽东诗人"的确另有一种"官员"身份,是否真的与当地的行政作风有关,不像西方的柏拉图非要把诗人赶出理想国,而是更认同自己的历史("三言二拍"的作者冯梦龙文章写得好,当该地寿宁县令也是很称职的)?谁也说不清楚。但这地方有很好的诗歌气场,却是不争的事实。你看去年召开"闽东诗歌研讨会",列入研讨的诗人就有 24 位,这在一个地区,可不是小数目。更何况,在我的阅读记忆中,20 世纪 70 年代末霞浦县文化馆就办了非常像样的文学小报,像样得可以和福州马尾区文化馆的《兰花圃》(舒婷的诗就是先在这里集中发表引起讨论的)、北京西城区文化馆的《蒲公英》 (顾城因在这里发表一组《无名的小花》引来公刘的关切和"两代人"之争) 相提并论。这种说不清是官办还是民办的文学园地,实际上是 20 世纪 80 年代中国许多诗人的摇篮,它培养了不少诗歌青年的信心与热爱。

当然文化馆的小报只是一个起点,"闽东诗群"真正的沃土是诗歌感召下自发形成和坚持的诗社诗刊。20 世纪 80 年代前期有哈雷和宋瑜主持的"三角帆"诗社、汤养宗主持的"麦笛"诗社,中期有谢宜兴、刘伟雄创办的"丑石"诗社,之后前赴后继的,则有游刃主持的网上诗社"网易"、王祥康主持的"绿雪芽"诗社,以及还非主持的"三角井"诗社等。

诗歌社团与民刊的风起云涌是改革开放时代以来中国诗歌的一道

风景，而"闽东诗群"近40年中的不离不弃，肯定是一个小小的样本。他们通过诗歌社团交流作品，磋商诗艺，互相促进，使一个又一个少为人知的地方诗人，成了省内，乃至全国有影响的诗人：汤养宗、叶玉琳、谢宜兴、刘伟雄、游刃、伊路、林典铇等等。

这里最值得一提的是1985年5月诞生的"丑石"诗社，它是闽东地区持续性最好、影响最大的诗社，不仅在成熟时期先后吸纳、团结了汤养宗、叶玉琳、谢宜兴、刘伟雄、伊路、宋瑜、柔刚、安琪、康城等优秀诗人，王宇、伍明春这样有影响的学者，还涌现了邱景华那样的诗歌批评家，因而被《诗选刊》评为中国五大优秀民刊之一。"丑石是未经雕琢的璞玉 /《丑石》是未名诗人的挚友"（《丑石》1985年创刊号扉页），刘伟雄说"丑石"这个名字"寓意了对成为'美玉'的期待"。它促进了不少诗人的成长，让不少璞玉闪耀光亮，但没有人知道它自己度过的艰辛。刘伟雄在一篇回忆文章中深情地谈到他的诗歌兄弟谢宜兴对于诗歌的痴迷和"呆气"：那时谢宜兴到霞浦县三沙与女朋友约会，却和刘伟雄陷于写诗、办"丑石"的话题不能自拔，"彻夜在三沙港外的长堤上看着港内的灯火一盏一盏地熄灭"。结果是，催生了一个诗社和诗刊，却埋葬了自己的爱情。

"丑石"与众多匆匆而来又匆匆而去的诗社诗刊的一个重要不同，是它不是诗潮诗派的产物，而是持续发展的心灵的产物。基于内心对于诗歌不由分说的热爱，基于对用语言想象世界全神贯注的投入。这就是他们所奉行的"好诗主义"。他们所谓"好诗主义"，就是把诗看成一种面向内心经验的言说，而不是吸引眼球的"姿势"；是经得起品味的诗歌文本，而不是宣言与行为的惊世骇俗。相对而言，"丑石"的中坚都是有乡村背景的农家子弟。谢宜兴早期自印诗集《苦水河》，刘伟雄20世纪90年代获奖的《情系故土》，面对的都是让人百感交集的乡村经验。他们都是些踏踏实实的人，写的也是接地气的诗。只不过，时间上，他们生活的乡村不是费孝通先生《乡土中国》中周而复始、长老统治的乡村，而是现代转型中的乡村；在空间上，也不是内地，而是南中国靠山面海的乡村。因此，无论写诗，或者组织诗社和编辑诗刊，都给人踏实而又开阔的信赖感。他们的诗我们在后面再讨论，这里继续说"丑石"诗社和同名的社刊，也真有一种靠山面海的气度。首先，它是有定力的。譬如《丑石》，是"汉语诗歌艺术殿堂的建设中一块虽不显眼但却有用的石头"，始终强调它的民间性与探索性，重视艺术的包容性和建设性，先后推出了韩歆、安琪、刘伟雄、谢宜兴、汤养宗、探花、三米深、石湾、冰儿等多位诗人的作品专版，编辑刊出了中间代、纪念蔡其矫、汶川大地震诗歌作品等多个专号。第二，它是开放的，因而是能够不断成长和蜕变的。譬如刘伟雄在《丑石二十年》回顾所提到的，当 20 世纪 90 年代末"丑石"遇到发展瓶颈时，因为之前有安琪、康城等闽南诗人的加盟，有不同观念的交锋，经过"黑白电视机"与"彩色电视机"的争论（这是安琪的命名），两地诗人都分别得到了启发和调整，"丑石"也进入到了新的发展阶段。

实际上，这种既有内心定力又面向发展的开放态度，也是整个"闽东诗群"的特点，也体现在与《丑石》关系比较松散的诗人身上，比如汤养宗这个特立独行、个性鲜明的诗人。其重要症象是，既立足于地方经验又不受地方性的拘限，能够实现"地方性"的超越。这是受他们福建前辈诗人蔡其矫的影响（或启发）吗？可能。至少这两代福建诗人心有灵犀、趣味相投：汤养宗刚出道时就得到蔡其矫的赏识，为他的《水上吉普赛》作过序。更重要的是，蔡其矫生前一直是"丑石"的顾问。

蔡其矫在当代中国的诗歌意义，已经逆着时间的流逝不断得到彰显，却有一个非常重要的实践被 20 世纪 80 年代以来的现代主义时尚所遮蔽，这是非常可惜的。这个被遮蔽的重要实践，现在看来就是以地方性抵达中国性的实践，集中体现在他编选《祈求》《双虹》时有意编选出版的诗集《福建集》（福建人民出版社，1981 年 6 月）中。在这部诗集中，他怀着智利伟大诗人聂鲁达抒写南美洲般的抱负，以福建人文地理、风俗、历史事件和人物为题材，给我们带来了八闽大地的风俗画卷，那掩映在榕树、荔枝林和红砖楼中的亚热带风光，那

洞箫和南音里的悲喜与忧伤。诗人深深体会到:

> 每首诗都要有一个空间，或叫地域，或叫场所，或叫立脚点。没有空间的诗是不存在的。

> 每个作者，也都有他最称心的空间：这可能是他生长的地方，童年在这里消磨，一草一木，云影波光，都留下深深的记忆；也可能是他成熟的地方，在这里他经历了挫折和苦难，懂得人生和社会的艰难……以故乡为题材，更容易显出各自不同的感受。

(蔡其矫：《福建集·序》)

显然，蔡其矫从故乡经验出发的写作，在"闽东诗群"中产生了普遍的回响，虽然他们更重视地方性的超越。

二、各不相同的诗风

但是同样重视滋养他们成长的地方经验，却不妨碍他们展现各不相同的个性和艺术风格。"闽东诗群"之所以是"诗群"而不是流派，就是由于他们诗学观念和艺术风格各不相同，而正是因为这种不同，成就了他们的丰富性和成长发展的可能性。像边缘诗人游刃，也是"朦胧诗"的"次生林"，是首届柔刚诗歌奖的得主，当年福建有人将他与吕德安并提；而《三角帆》创办者哈雷，福建诗歌坊间现在还流传他不少妙趣横生的"金句"；还有笔名伊路的女诗人，不知道处长科长哪个官大，却写出了不少意味深长的作品，我曾在《诗刊》发过一篇题为《永远意犹未尽》的短文向大家推荐。

如果从诗人与地方的关系而言，首先应该提及的肯定是叶玉琳。这不仅因为诗歌改变了她的命运，更因为她的诗，生动体现了"闽东"与诗歌的互动相生。叶玉琳最早的诗集题为《大地的女儿》，一个动人却也非常恰如其分的名字。只是，这里的"大地"，首先是她的故乡，她熟悉的白水洋，她生活和工作过的杨家溪，正如她在《故乡》中歌唱的那样：虽然赐予她"第一笔财富"的，不过是一个四面通风、"又低又潮的家"，但这是出发与回归的地方。一方面，哺育和鼓舞诗人的成长："沿着树干一天天攀升 / 那怯懦而又沉默的儿时伙伴 / 他们映衬了我—— / 身边的少女早已摆脱了病痛 / 学会高声歌吟"；另一方面，这又是她疗伤和吸取力量的所在："一大片广阔的原野和暖洋洋的风 / 金黄的草木在日光中缓缓移动"，还有戴草帽结伴到山中割麦、拾禾的姐妹，教会了她领悟"美源自劳作和卑微"，让她"没有理由骄奢和懒惰"。她深情向人们告白：

> 我是如此幸运，又是如此悲伤——
> 故乡啊，我流浪的耳朵
> 一只用来倾听，一只用来挽留

因为倾听到叮咛和召唤，所以也懂得挽留进入到我们生命血脉中那些美好的东西。叶玉琳写"大地"的诗，与过往及同时代相同题材的作品有两个方面的不同，一是她的"大地"不是内地面对黄土背朝天的大地，而是东南沿海靠山面海的"大地"，海洋也是她的"故乡""大地"的组成部分；二是她从来不按主体与客体、人与自然的对立关系去处理有关"大地"的题材，无论动态静态，都没有"无我之境"。在她的诗中，村庄和海洋都是安顿身心的家园。即使在私密的个人领域，生命的律动也是如同大海的潮汐。因此，在《故乡的海岸》中，"有时我们静止下来 / 固定在扇贝密不透风的笑里 / 仰头看满天的星光像丝缎层层"，相爱的人成了海风召回的船只，承接"被拥抱的快乐"；而在《海边书》这首以诗论诗的"元诗"中，更是表明了以大海为韵律，"骑着平平仄仄的海浪往前冲"的自然明朗的诗观。叶玉琳的诗，早年因写个人与土地的关系而闻名，实际上她的"海边书"更值得品味，它们与许多"望星空""致大海"的颂歌大异其趣，不是感叹那些表面的美，而是咀嚼和守护它们内在的东西。

就如那首《一只切开的苹果》所歌唱的："人到中年，不再轻言幸福／也不再相信有哪一种爱抚／能对应内心的波涛／我惊讶于时光的另一面／正从崭新的表皮／剥离出来与我初逢／我感受到了另一种诱惑……"虽然这项工作如此艰辛，然而由于热爱和理解——

> ……我不能辜负你
> 我要把更小的芳香和甜吸吮出来
> 用思想激活它们
> 用黑夜守住它们

在个人与"大地"的关系上，叶玉琳的诗，追求的是人与自然融洽无间的一面。她笔下的大地是温暖的、女性的，教导着儿女们生活与成长，让诗歌获得自然的意象和节奏。

"大地"的诗性之维也得到了刘伟雄的高度认同，在代表作之一《乡村》中，他说只要在故乡走走，就知道什么是诗歌了："在故乡你随便一走／就走进了古代　生物之间／美丽和繁茂的根系／存在于我们视野忽略的现实"。但这里的诗意显然不是人与自然互动相生的诗意，而是一种"存在"的诗意："忽略的现实"在我们的视野之外，就像《诗经》中"那些叫小薇的草就长在脚边／那些叫荻的花开出纯银的声响"；就像比历史、创意产业和科技革命要永恒不朽的青草——在去年一首题为《河边的共享单车》的诗中，诗人面对飞驰的车辆与生长的青草感叹：

> 飞驰的速度居然跑不过成长的草
> 逃亡路上　草遮盖了他们的秘密

有趣的是这首诗的联想与比喻："在河边　似乎又回到童年／看一群的罪犯被押往刑场／只是　我眼前被押走的／是一串串的共享单车／他们牵拉着骨架　被吊上了／一辆又一辆巨大的卡车"。无辜的共享单车竟然成了"罪犯"，它们的飞驰也像是一种"逃亡"。单车能够在时空中"飞驰"，然而不能像青草那样在时空中胜出。这个联想与比喻之所以值得注意，一是它几乎是下意识（或本能）地"接通"了诗中说话者混合着困惑与恐惧的童年经验，并在当下转化成了报应式的反讽。同时，虽然是下意识的、童年的，因而表面看来是"幼稚的"，不能"与时俱进"的，实际上却开启了一个现代人类必须面对的主题：在所谓"变化是不变的主题"的时代，有没有不变的事物和价值得我们守护？

刘伟雄相信变化中有不变的东西，他喜欢循环生长的自然事物，花开花谢，日出日落，喜欢故乡的亲人和他乡的风景，喜欢无法磨灭的个人记忆，对一些细节特别敏感，诸如梦一样长满绒毛的新芽，那紧抱礁石、挤在一起的海藻，没有船只的海滩上望海少年斜着肩头的姿势……因为他相信变化中有不变的东西，有恒定的价值，所以他的诗在守护美好的个人记忆时，复合着去蔽的主题。例如一首题为《太阳阁》的诗，写的是一座看着充实却没有登上过的亭子，然而，后来一幢高楼把"我们"隔开了，"我"再无法看见熟悉的、传递着太阳的、"一目了然"的风景，而且——

> 另一种高楼从高楼后面又冒出来
> 重重叠叠的巍峨逼近了眼帘
> 现在，它似乎是另一个世界的祭坛

包括《河边的共享单车》《太阳阁》这样现场感很强的诗，刘伟雄的写作实际上探索着现代转型中的中国诗人无法回避的两个问题：面对现代加速的时间和难以预知的变动，诗人何为？我们该如何写作？是做加速器中的齿轮和螺丝钉，还是珍惜我们有过的历史，挽留美好和有价值的东西？是像一个摩托车广告那样，"没有征服不了的大地"，还是主动接受时间和空间的考验？我们写作的"新诗"，当然是现代的产物，它的命名是要以古典相对。然而，无论它过去和未来是什么，它都要讲时间中的效果，都要跨越时间的沟壑向人们说话，如海德格尔通过荷尔德林的诗发现的：延伸个人的踪迹与记忆，开启和建立一个意义的世界。因此，诗歌不是时间的胜者而是时间中语言的信物和纪念碑。然而，也像刘伟雄所写的那样，只有回到故乡或者在记忆中，我们才能"行走在《诗经》的世界里"，而在现实生活中，青草可能是人工培植而非自然生长的青草。而且，就像"太阳阁"一样，它们被接踵而来的一座又一座"高楼"隔离了，遮蔽了，成了现代世界的"祭坛"。因此，现代诗的写作注定无法像大多数古典诗歌那样，赞美的、抒情的、田园的、牧歌式的，而是一定会接纳知性的、复调的，自嘲的，反讽的等等元素，因为在现代"太阳阁"被隔开了，遮蔽了，需要通过敞开和去蔽才能赞美。

这就来到了另一个从个人感觉和记忆出发关怀历史与现实的诗人谢宜兴面前。就书写闽东本地的地方经验的普遍性而言，谢宜兴或许不如前面提到过的闽东诗人，但从自觉坚持个人立场和经验，以诗的方式关心生命和关心世界而言，谢宜兴的写作非常值得留意。像许多复调性现代诗人一样，谢宜兴的作品涉及的题材和主题非常广泛，但特点鲜明的是，即使在处理宏大题材的作品，他也以深切的个人经验为前提，显示出个人立场的真诚和亲切感。譬如他的祖国，就是"一个人的祖国"（这是他一首诗的标题），因为与血缘和亲情联系在一起，"一个人的祖国"也就成了"每一个人的祖国"。而且，他竟然能让"祖国=母亲"这个陈旧的比喻在现实中焕然一新和有幽默感："……长安街的落日／挂在西单上空，像一个毛绒绒的线团／长安街是一条笔直的毛衣棒针／毛线绕了一环二环三环四环五环／……最是温暖母亲的心啊，我才到／北京就拿出了绒线球想为我织件毛衣御寒"（《长安街的落日像绒线球》）。

真切的个人经验和立场之所以重要，就是诗歌作为语言信物用于言志，用于赞美和敞开，却不用于遮掩装饰，不可以言不由衷。而谢宜兴即使在歌唱祖国时也坚持亲情的方向，既包含对人同此心的理解，也包含着他从生命和人性角度想象世界的诗歌立场。值得注意的是，《丑石》两根大柱都重视变化中不变的事物，奋力支撑时间中永恒的存在。但同样看重永恒的价值，刘伟雄的重点在"物"，而谢宜兴的目光更多聚焦于"人"：从20世纪80年代写光棍人生（《三十岁的豆豆》）、贫家换亲（《银花》），到近年发表《宁德故事》，谢宜兴的诗歌是不是一个地方时代巨变的见证？他当然也为赤溪"开口"、下党"红了"、三都澳"亮起来"欢心鼓舞，献上过颂歌。但他更是一个像他父老乡亲一样相信"信仰超越沧桑"，相信生命的价值重于泰山。因此，在改造过的嵩口古镇，他的目光省略了新颜，却看到一个少妇在翻晒她的旧嫁裳（《嵩口时光》）；而面对八十年前反"围剿"时鹅卵石堆砌的无名冢和新建的纪念碑，他觉得"那些寂寂无名的枯骨与眼前堆砌的卵石／更接近世情与人心的真实"（《松毛岭》）。

虽然人在空间里行走，在时间中衰老，不可能永恒，但一个人究竟是另一个人的"祖国"："……燃在心尖的灯火／一个人的存在依凭，思念和寄托"。这就是为什么谢宜兴写亲人的诗，特别是《镜框里的父亲》写得如此感人的原因："一天一天，你让自己愈瘦愈薄／最后瘦薄成一张纸，嵌入镜框里去／像一个真实的影子，有着虚无的微光"。他不忍"真实的影子"里有"虚无的微光"，因此也不以为社会的转型要以城市与乡村的对立为代价。《我一看就认出那些葡萄》肯定是转型时代让人难忘的诗篇，无论在乡村与城市两种经验的融合上，还是人的良知与诗的自觉浑然如一的追求上，都值得人们加以留意。它通过乡村的葡萄变为"干红"进入城市的流通环节，想象心比天高、命比纸薄的乡村姐妹在转型时代的遭际：

城市最低级的作坊囤积了

乡村最抢眼的骄傲　有如

薄胎的瓷器在悬崖边上拥挤

这是转型中的乡村社会的痛，是从乡村走出去的儿女们的内心郁结。这或许就是谢宜兴所言的"向内的疼痛"和渗透在诗风中的挥之不去的忧伤。全球化时代的时空压缩，生命面临更多猝不及防的时刻。诗人如何承担为天地立心、为生民立命的文化使命？如何能够为善良无辜的苍生安享天年、善始善终尽力？如何避免水土流失，让人类的质素和美好在压缩的时空得到凝聚？

三、汤养宗的自我超越

诗歌要在变化中凝聚不变的美与价值，但诗歌写作本身却不能以不变应万变。这既因为现代经验本身的流动性和开放性，也由于现代汉语诗歌本身还处于生成发展的过程。因此，谢宜兴《蛇蜕或重生》所想象的"向内生长的挤压和疼痛"，成为许多中国诗人"命定的仪程"。而闽东诗歌的"江山"，另一个值得称道之处：一方面是"代有才人"，各个时期都有好的诗人和作品脱颖而出；另一方面就是，成名的诗人能够自我突破，体现成长的活力。

在这方面，已经成为"闽东诗歌"一张名片的汤养宗，就是一个突出的代表：几十年来，他完成了从表现经验到拓展意识的"成长"，不仅自己从一个地方诗人成长为中国诗人，而且以"地方性"体现"中国性"的诗歌写作，展开了实践，提供了启示。

汤养宗最初成名的作品，是写于20世纪80年代的诗集《水上吉普赛》。诗集的名字具有改革开放时代的时尚，但实在不是要让别人去联想欧洲人的风情，而是想表明海上生活也是一种漂泊与流浪。"他们白天捕鱼劳作，入夜便一家大小挤在窄小的船舱同席共眠。"而在年轻人的新婚之夜，也全然没有陆地人家的正常顾忌："你们被鱼罐头般塞在这舱内 / 可生命的渴念可以挤掉吗 / 撒渔网哼渔歌可以挤掉吗 / 传宗接代可以挤掉吗"——

> 看啊！多么神秘而生动呀
> 这艘船轻轻、轻轻地摇晃起来了
> 在这多眼睛的星空下
> 是海突然起风了吗

这是另一片"土地"的子民，另一种生命的图腾与禁忌，汤养宗将他们带入到汉语诗歌的版图。这片"土地"和上面生存的人们，与当时昌耀在西部高原唱的"暗夜中浮动的旋梯"上穿行的歌谣，与莫言讲的山东高密高粱地里的人性传奇，具有同样的主题。只不过，昌耀对"泥土绝密的哑语"有自己的心领神会；莫言津津乐道爷爷奶奶的故事也是大有深意。而汤养宗，拿前辈诗人蔡其矫的话说是："以渔家子弟的率真深情，以新鲜的意象，描绘出一幅幅在生存背景上的心灵图像……一幅幅素描般的画面，一个个纷纭繁复的意象和色彩缭乱的幻视、幻听、幻觉，展开成一部渔人大观和渔村大全的书。"（《海洋诗人汤养宗（代序）》《水上吉普赛》，海峡文艺出版社，1993）为此，蔡其矫还从这部诗集出发，倡导发展出一种"自然的海和社会的海"互为表里的"海洋诗"。

　　《水上吉普赛》的确有许多可圈可点之点，特殊的渔民生活、风情风俗，与自由洒脱、孤傲狂狷的抒情个性融为一体，使它成了无可替代的一部诗集。不过，这部潜隐与"土地""乡村""麦子"对话的动机，也的确不无对话意义的诗集，或许没有突破"土地诗"的牧歌主题和田园风格，只不过将这种主题和风格移向了抗衡"现代之夜"的方向。可以说，当代的"土地诗"和"海洋诗"大多还是题材上的，也没有超出古典诗歌的想象风格和语言意识，没有超出传统抒情诗"自然"与"生命"的视野，艺术上也大多停留在"情境诗"的范畴。

　　当然不是以为"生命自然观"（或"自然生命观"）和"情境诗"不好，它们可以永远见证人类与自然的血肉联系和诗歌的想象力。同时，必须看到，汤养宗写这类诗也可以（而且已经）越写越好。譬如《在吴洋村看林间落日》，把落日想象为"一只金黄的老虎又回到了林中"，写自然之王的如何霸气和不由分说，不允许更改它的秩序，"安放人类的立场"。但是，从根本上说，对土地与海洋的想象能超过土地与海洋本身吗？因此，尽管《三人颂》如此简洁、如此迷人：

"那日真好，只有三人 / 大海，明月，汤养宗"，但只是将自然人化，不过是经验的、感觉的和意象的情境诗，尽管能唤起了我们对一些古典诗词的亲切回忆，让人们赏识诗人遗世独立的情趣，但张若虚的《春江花月夜》、苏东坡的《水调歌头·赤壁怀古》等前人作品可能写得更好，因为他们接纳了时间之维，触及存在意识和个人反省。

在中国诗歌现代转型的历史行程中，包括"新诗"运动主将胡适在内的不少前驱者，虽然提出了从语言形式下手的正确主张，却对语言即意识即思维状态缺乏根本的洞察，因而导致了文言与白话、新与旧的对立，导致了外穿西装革履，里头却"满是一套宽袍大袖的旧衣裳"（朱自清《新诗》语）。实际上，用说与写趋近的语言形式写作，就是思维意识的深化和现代化：现代转型落实在诗歌想象方式上，要求转化古典诗歌崇尚优美的牧歌式写作，探索一种更有力度、容量和思维重量的写作：不只是感官的、道德的、情感的和想象的，而同时是知性的、拓展的、体现意识的活力和穿透力的。汤养宗的"成长性"正在这里，不是停留于新鲜的感觉经验，满足于经验、意象与情境的转化，而是能够更新我们对熟悉或陌生经验的感觉和意识，让诗歌真正成为语言的信物。这一点在《光阴谣》中体现得非常明显：

> 一直在做一件事，用竹篮打水
> 并做得心安理得与煞有其事
> 我对人说，看，这就是我在人间最隐忍的工作
> 使空空如也的空得到了一个人千丝万缕的牵扯
> 深陷于此中，我反复享用着自己的从容不迫。还认下
> 活着就是漏洞百出
> 在世上，我已顺从于越来越空的手感
> 还拥有这百折不挠的平衡术：从打水
> 到欣然领命地打上空气。从无中生有的有
> 到装得满满的无。从打死也不信，到现在，不弃不放

《光阴谣》可以称为"元诗"，但又超越了"元诗"，成了一种行为的寓言。本诗借用了坊间俗语"竹篮打水一场空"，比喻诗歌这种无法物化、不见效果的语言劳作；用复合着自嘲、反讽和自得的语态，讲述生命"漏洞百出"，越漏越空；"人间最隐忍的工作"收获到的不过"空空如也"。但这表面上的"印证"，最终完成的却是对人云亦云俗语"真理"的颠覆：竹篮打不上水，但它收获的真的是"空"吗？无法量衡的劳作真的徒劳无益吗？"空空如也的空得到一个人千丝万缕的牵扯""无中生有"——满满的无是否装着盈盈的有呢？

　　爱尔兰诗人希尼曾在他那篇著名论文《舌头的管辖》中，借助《圣经》中耶稣在诉讼现场的行为，将诗歌比喻为在沙地写字，不能帮助原告与被告解决任何问题，却能让围观的人扪心自问，"把我们的注意力重新集中到我们自己身上"，从而证明了诗歌的意义。汤养宗处理的问题是相同的，结论也大同小异，但他借助我们日常生活中的"老生常谈"和传统文化的辩证思想，让它们建立起新的关联，结果让比喻成了象征，象征又成了寓言：《光阴谣》说的是诗歌写作，也是时光之流里的一种人生。

　　这不只是言志抒情的个人写作，甚至不是担当兴观群怨功能的写作，而是把注意力集中到我们自己身上，重新面对习非成是、似非而是的问题，拓展思维和意识空间的写作，在向人们宣告世间存在之于时间之流的必死性和再生的可能性，向人们宣告感觉、思维和想象力大于形而上学的意义。这就是循着《光阴谣》里辩证思维的方向，我们看到的一个诗人大摆的语言"宴席"（汤养宗把列入"标准诗丛"的个人选集命名为《一个人大摆宴席》）。而其中最为让人难忘的诗篇，就是对熟视无睹的日常事物的意识和想象。它们日常得如日出日落（参见《即便混世无为，躬身于这见证是多么有幸》），如风花雪月（参见关于雪的长诗《一场对称的雪》），如山水沙石（参见《太姥山》），如父母双亲（参见《寄往天堂的十一封家书》《父亲与爸爸绝不是同一个词》），读了这些诗我们才意识到我们对世间存在懂得太少，太多自以为是。例如我们大多数人就没有意识到形成雪的条件具有"围墙"的隔离性质，因此我们没有敬畏之心：

> （说雪是气温降到零度以下时，由空气层中的
> 水蒸气凝结而成）这很重要，这使问题有了围墙
> 零度以下，事物刚刚够得上凛冽
> 不是所有的雨水都能按照自己的意愿变成雪
> 就像我，下一行诗句中常常找不到门
> 这是谁的意旨呢？刚好从零度起隔离另一些梦想
> 像是谁的国度，不是谁都可以进入，在我们心中
> 划出一条严肃的线，并且必须感到冷

没有意识到的存在等于不存在。意识的自觉也使汤养宗后来以故乡民风民俗和传统故事为题材的写作，有了超越当年"海洋诗"的意义，因为它不再限于题材的独特性、意象新鲜和情境迷人，而是用自己的意识照亮了"本事"，建立起了人与物、物与心的关联，传统的事物就像传家宝放在聚光灯下一样。《时日书》《断字碑》《穿墙术》《大年》《家乡的山上有仙》《鬼吹灯》等，都是这样的作品。其中《岁末，读闲书，闲录一段某典狱官训示》更加值得重视，除了把象征上升为卡夫卡式的寓言外，情景与视点也非常讲究：诗人戏仿了一个传统情境，主观的抒情也完全转换成了情境中有职业特点的人物的语言。

这首诗启示我们，无论地方诗歌的"中国性"，还是现代诗歌里的"中国性"，不仅期待意识对题材的超越，也期待从现代汉语里的气质和情致出发，寻找其生长的秩序和规律。

后 记

宁德，俗称闽东，自古地灵人杰、群英荟萃。福建历史上第一个进士薛令之诞生于宁德福安，出生于闽东的南宋爱国诗人谢翱至今仍然深刻影响着这片热地。此外，诗人陆游曾担任宁德县主簿，宋代理学家朱熹曾在闽东办学，明末清初文学家冯梦龙曾任宁德寿宁知县并亲撰《寿宁待志》。宁德还涌现出现代著名的九叶派诗人杜运燮、著名文学评论家张炯……这一切都为"闽东诗群"这一特殊而卓越的文学群体的出现，铺垫了深厚而坚实的文化基础。

20世纪80年代末，"闽东诗群"开始被诗坛关注。30多年来，得益于各级党委、政府的高度重视，得益于诗坛以及社会各界的关心呵护，得益于诗人们的不懈努力，"闽东诗群"逐渐发展壮大，成为具有全国影响力的文学方阵和闽派诗歌的重要力量。诗人们承前启后、薪火相传，并且笔耕不息、精进臻善，累计出版个人诗集近百部，数千件诗歌作品入选全国各类权威诗歌年选，并在全国、全省各类文学评比中频频获奖。其中，汤养宗诗集《去人间》获第七届鲁迅文学奖诗歌奖，叶玉琳获全国民间文艺"山花奖"金奖、首届鲁迅文学奖诗歌奖提名，谢宜兴获《诗刊》脱贫攻坚特别诗歌奖，刘伟雄等数十人（次）先后获福建省人民政府百花文艺奖、福建省优秀文学作品奖以及省内外其他文学奖项。叶玉琳出席过第六、八次全国作家代表大会以及第十、十一次全国文代会，汤养宗、刘伟雄、谢宜兴出席过全国青年作家创作会议，汤养宗、叶玉琳、张幸福、友来、俞昌雄、林典铇、韦廷信、陈小虾先后参加《诗刊》"青春诗会"。一批富有创作潜力的"80后""90后""00后"诗人正在茁壮成长。牛汉、公刘、蔡其娇、谢冕、孙绍振、罗振亚、蒋登科、霍俊明等近百位诗坛名家先后撰文评论推介闽东诗人和诗作，不断提高"闽东诗群"在全国的知名度和影响力。

为做大做强"闽东诗群"文化品牌，近年来，在宁德市委、市政府的大力支持下，在宁德市委宣传部的精心指导下，宁德市文联多次联合中国作家协会诗刊社、福建省文联、福建省作家协会、宁德市委宣传部、霞浦县委宣传部等单位晋京举办闽东诗群作品研讨会、《诗刊》第36届青春诗会新闻发布会、首届中国·霞浦海洋诗会暨新时代海洋诗歌论坛新闻发布会；先后在霞浦举办《诗刊》第36届青春诗会、首届中国·霞浦海洋诗会暨新时代海洋诗歌论坛、全国首期青春诗人研修班；联合蕉城区委宣传部举办《诗刊》第10届"青春回眸"宁德诗会；联合有关部门举办"春天送你一首诗"诗歌朗诵会、"诗意宁德·月圆两岸"金秋诗会等诗歌活动。《人民日报》《文艺报》以及新华网、人民网等近百家国内外媒体和平台报道相关消息，活动成效明显，"闽东诗群"影响力得到极大提升。同时，宁德市文联还创建了闽东诗群创作基地，先后编辑出版《新世纪闽东诗群作品卷》《新世纪闽东诗群评论卷》《宁德文丛·诗歌卷》等一批作品集，梳理总结21世纪以来闽东诗群的发展状况，展示闽东诗歌创作的阶段性成果。

为贯彻落实习近平总书记在文化传承发展座谈会的重要讲话精神，进一步提升"闽东诗群"文化品牌影响力，弘扬"闽东之光"，宁德市文联编辑出版《诗耀闽东——新时代闽东诗群五年诗选》，择优收录宁德籍或曾在宁德工作、学习或生活过的43位闽东诗群诗人于 2018 年至 2022 年在省级以上文学、文化类报刊或正规出版社发表的诗歌共 328 首，并分 3 个板块编排，每个板块以作者姓氏笔画排序。"实力"入选者，侧重于中国作家协会会员，以及参加过《诗刊》"青春诗会"和"青春回眸"的诗人；"中坚"入选者，主要是在诗歌领域有一定建树的中青年诗人；"视角"入选者，主要是闽东诗群中代表着不同探索追寻且保持旺盛创作热情的诗人。

需要说明的是，由于时间仓促、篇幅所限，再囿于水平和视野有限等原因，在策划、选稿过程中难免出现疏漏和遗憾，希望得到大家的理解。

最后，我们借此机会，特别感谢年逾 90 高龄的北京大学博士生导师、著名文学批评家谢冕老师不辞辛劳地为本书作序；感谢诗刊社主编、著名诗人李少君，著名诗歌评论家王光明对闽东诗群作品的倾情评述。

祝愿"闽东诗群"和诗人们继续发扬光大、高歌猛进！

祝愿诗歌之光伴随着"闽东之光"照亮更多人的心灵！

编　者

2023 年 8 月

图书在版编目(CIP)数据

诗耀闽东:新时代闽东诗群五年诗选/宁德市文
学艺术界联合会 —福州:海峡文艺出版社,2023.12
ISBN 978-7-5550-3605-0

Ⅰ.①诗… Ⅱ.①宁… Ⅲ.①诗集－中国－
当代 Ⅳ.①I227

中国国家版本馆 CIP 数据核字(2023)第 248426 号

诗耀闽东——新时代闽东诗群五年诗选

宁德市文学艺术界联合会 编
出 版 人 林 滨
责任编辑 朱墨山
出版发行 海峡文艺出版社
经　　销 福建新华发行(集团)有限责任公司
社　　址 福州市东水路 76 号 14 层
发 行 部 0591－87536797
印　　刷 福州华厦彩印有限公司
厂　　址 福州市晋安区新店镇义井工业区 6♯楼一层
开　　本 720 毫米×1010 毫米　1/16
字　　数 430 千字
印　　张 20
版　　次 2023 年 12 月第 1 版
印　　次 2023 年 12 月第 1 次印刷
书　　号 ISBN 978-7-5550-3605-0
定　　价 88.00 元

如发现印装质量问题,请寄承印厂调换